CB142669

COLEÇÃO

Clube dos Segredos

Segredos do Além

4

COLEÇÃO

Clube dos Segredos

SEGREDOS DO ALÉM

GALERA RECORD
RIO DE JANEIRO • SÃO PAULO
2013

CIP-BRASIL. CATALOGAÇÃO NA FONTE
SINDICATO NACIONAL DOS EDITORES DE LIVROS, RJ.

S458

Segredos do além / Luiz Antonio Aguiar (org.)... [et al.]. – 1.ed. – Rio de Janeiro: Galera Record, 2013.
(Clube dos segredos; v.4)

ISBN 978-85-01-08560-3

1. Ficção infantojuvenil brasileira. I. Aguiar, Luiz Antonio, 1955-. II. Série.

13-6833 CDD: 028.5
CDU: 087.5

Copyright © Luiz Antonio Aguiar, Pedro Bandeira, Rosana Rios, Rogério Andrade Barbosa, Leo Cunha, 2013

Todos os direitos reservados. Proibida a reprodução, no todo ou em parte, através de quaisquer meios. Os direitos morais do autor foram assegurados.

Texto revisado segundo o novo Acordo Ortográfico da Língua Portuguesa

Projeto gráfico de miolo e capa: Carolina Vaz
Composição de miolo: Abreu's System
Caricaturas: Jorge Guidacci

Direitos exclusivos desta edição reservados pela
EDITORA RECORD LTDA.
Rua Argentina 171 – Rio de Janeiro, RJ – 20921-380 – Tel.: 2585-2000.

Impresso no Brasil

ISBN 978-85-01-08560-3

CÓPIA NÃO AUTORIZADA É CRIME
ABDR
ASSOCIAÇÃO BRASILEIRA DE DIREITOS REPROGRÁFICOS
RESPEITE O DIREITO AUTORAL
EDITORA AFILIADA

Seja um leitor preferencial Record.
Cadastre-se e receba informações sobre nossos lançamentos e nossas promoções.

Atendimento e venda direta ao leitor:
mdireto@record.com.br ou (21) 2585-2002.

apresentação

Segredos do além

CUIDADO!

Você se atreve a penetrar no Reino do Além? A roubar seus segredos?

Alguns desses segredos não foram feitos para serem conhecidos neste mundo.

São segredos dos túmulos, das criaturas inumanas, dos demônios.

No entanto, explorar esses mistérios é exatamente o que fazem os enxeridos dos autores deste Clube dos Segredos.

Mas nem por isso você precisa continuar a ler. O mais prudente é não conhecer nenhuma destas histórias e prosseguir com a sua vidinha pacífica, como se o mundo que você conhece fosse tudo o que existe.

Creia... pode ser melhor assim!

E se quiser prosseguir, fazer o quê? A vida é sua!

Além das aprontações de sempre, este volume da série CLUBE DOS SEGREDOS traz uma surpresa muito especial para seus leitores. Além de uma história de cada autor — os entregadores de segredos do Clube —, você vai encontrar aqui um conto extra, o sexto conto... *O último resort* é a história mais ousada que você já viu publicada. Vai ter quem não consiga ler até o final de tanto suspense e tensão. E, por outro lado, o tempo todo você vai saber que também não vai conseguir suportar não ler esse final.

E tem outra coisa... um segredo... quem é o autor de *O último resort*? Você acha que adivinha? Neste volume você tem os cinco primeiros contos, assinados por seus autores — será o bastante para identificar, pelo jeito de escrever, o autor do conto secreto? O CLUBE DOS SEGREDOS desafia você a tentar... e a resolver esse mistério...

Quando uma empresa promove um *Recall*, as explicações dadas serão sempre tudo o que há para se saber a respeito? E se houver espantosos segredos sendo encobertos? É essa a trama da história que Leo Cunha apresenta no seu conto em que uma operação tão comum nos dias de hoje se transforma numa aventura no Além.

Uma garota para lá de bonita. Que mora em uma mansão para lá de estranha. Que, por sua vez, guarda o segredo de uma maldição há décadas na família... Fazendo uma homenagem a Edgar Allan Poe, um conto em que a beleza revela seu lado assustador... De Luiz Antonio Aguiar: *Nunca Mais*.

Cena urbana: em um sinal de trânsito, no meio da noite, o carro para e uma menina se aproxima da janela da motorista com a mão estendida: "Tia, dá um trocado?" No entanto, as piores danações podem ser aquelas que não aparentam o que são... Ou tudo depende do que nossos olhos enxergam? Esse segredo do Além é explorado na surpreendente história de Pedro Bandeira, *Tia*.

E Poe, aquele que abriu portas secretas do Além para a Literatura, também assombra o conto de Rogério Andrade Barbosa, *Em busca da eternidade*... só para mostrar que alguns dos desejos mais perseguidos pelos seres humanos às vezes têm uma face simplesmente... maldita!

Você conhece vampiros? Mas não como Rosana Rios. Em *V, de vampiro* ela nos traz monstruosidades vampirescas que você jamais poderia ser capaz de imaginar. É uma história para não deixar mais em paz nenhuma das suas noites. Vai encarar?

E finalmente, o já anunciado conto secreto... Faça sua reserva. Ainda há vagas. Depois deste, você nunca mais vai poder pensar em tirar férias em outro lugar. Imperdível! Esse vai ser o seu *Último resort*.

G.

Leo Cunha

Procura-se

Anote aí os indícios: Leo Cunha é um mineiro que não bebe café, um brasileiro que não pula Carnaval, um barbado que não suporta filmes de ação. Canhoto pra escrever, destro pra chutar bola. Dono de hábitos suspeitos, como colecionar marcadores de livros (tem mais de 2 mil), jogar no lixo as jujubas verdes e ler histórias para a barriga grávida de sua esposa. Alguma coisa esse sujeito deve estar escondendo! Mestre do disfarce, é acusado de ser um homem de quatro caras, mas alega que é apenas gêmeos com ascendente em gêmeos. E não acredita em astrologia.

Recall

Leo Cunha

Cláudia já tinha ouvido falar de recall de automóvel, moto, até brinquedo. Mas recall de máquina fotográfica?

— Não é mais assim que a gente fala — Priscila riu na cara da mãe.

— O quê? — estranhou Cláudia. — Já inventaram outro nome pro recall? Assim fica difícil. Até três, quatro anos atrás eu nem conhecia essa palavra, e agora já tem outra?

— Não, mãe. O recall continua chamando recall. Máquina fotográfica é que a gente não fala mais.

— Ah, não? E como é que vocês falam agora, você e sua turma modernosa?

— Câmera digital.

Cláudia balançou a cabeça. A cada dia se sentia mais desatualizada do mundo. Deu um abraço na filha, pelas costas, e de repente estava chorando.

— Ô, mãe, não fica assim. — Priscila dobrou os braços pra trás e abraçou a mãe ao contrário.

— Ah, filha. Não liga pra essa mãe boba, não. Desde que seu pai morreu, eu fui ficando obsoleta.

— Que é isso, mãe, você tá magrinha...

A mãe arregalou os olhos.

— Menina, você não sabe o que é obsoleto, não? Como é que você espera passar nesse vestibular?

Priscila caiu na gargalhada.

— Claro que eu sei, mãe. Tô só brincando com você, tô querendo fazer você rir um pouco. Obsoleto é um treco desatualizado, tipo uma coisa nada a ver.

— Você matou a charada, filha — concordou Cláudia. — Eu tô virando tipo uma coisa nada a ver.

Priscila correu até o quarto e voltou aos pulos, sacudindo a câmera digital.

— Lê aí o anúncio do recall.

A mãe catou o jornal e ajeitou os óculos:

"A Nikkatsa convoca todos os proprietários de câmeras do modelo NK-360 a entrar em contato urgente com o Serviço de Assistência ao Consumidor, por ter verificado que o aparelho pode apresentar, sob certas condições, evidências de mau funcionamento e perigo para os usuários."

Mãe e filha se entreolharam, pouco convencidas.

— Que perigo pode haver em uma câmera? — ironizou Priscila.

— Sei lá, filha — a mãe fez uma careta. — Eu não tiro uma foto sequer há meses.

— Eu sei. Desde que o papai...

— Ah, Pris, vamos deixar isso pra lá?

— Pronto, já tá chorando de novo...

— Você sabe como é. Não tenho nem coragem de olhar pras fotos que eu tenho do seu pai, vou ter ânimo pra ficar tirando foto nova?

— Não quero nem saber. Agora eu fiquei curiosa com esse recall. Que perigo pode ser?

— Não tem perigo nenhum, esquece isso.

— Ah, liga pra esse zero-oitocentos, mãe! Vai que o carinha da Assistência Técnica é um gato...

— Nem brinca com uma coisa dessas!

— Sei... Você vai ficar aí feito freira o resto da vida?

— Não, Priscila. Claro que não. Acho que não. Talvez.

— Quer saber, mãe? Eu vou buscar o telefone sem fio pra gente ligar.

Cláudia deu um suspiro lento, resignado. Até entendia a preocupação da filha, até desculpava essas brincadeiras dela. Mas não conseguia se ver pensando em outro homem. Esse negócio de amor ela nem se lembrava mais o que era. Agora só sabia o que era saudade.

Caminhou até a janela e ficou encarando o mar. Não a praia, não as ondas: o fundo do mar. Naqueles últimos meses, quantas vezes tinha planejado atravessar a avenida e simplesmente entrar na água, caminhar mar adentro, andar, andar, andar até não dar mais conta e, então, simplesmente afundar, tragada pela força das águas. Algumas vezes chegara até a escolher a roupa mais adequada, mas acabou desistindo. Por causa da filha. Priscila era uma moça forte, inteligente, independente, com certeza ia conseguir se virar sozinha. Mas ainda assim... Quem sabe depois do vestibular? "Aguenta as pontas, falta pouco tempo..." ela falou pro mar.

A filha já voltou teclando o zero-oitocentos e passou o fone pra mãe.

— Alô, é o gatão da assistência técnica?

A mãe fez ssshhhh com a boca e com a mão:

— Fica quieta, menina, já tá chamando.

— Calma, mãe, até parece que você vai conseguir falar de primeira. Aposto que vão te enrolar um ano... Obrigado por chamar, dona Cláudia, nós vamos estar enviando um técnico especializado, logo que eu terminar meu cafezinho, dona Cláudia, logo que meu chefe chegar da aula de squash, assim que parar de chover, assim que suas preces forem atendidas...

Cláudia olhou enfezada pra filha e pôs o telefone no viva-voz:

— Deixa de zombar e escuta.

— Bom dia. Obrigado por ligar para a Nikkatsa. Meu nome é Rúsvel. Com quem estou falando?

— Meu nome é Cláudia — respondeu ela, séria, enquanto a filha segurava o riso por causa do nome do atendente.

— Será Rúsvel ou Roosevelt? — sussurrou no ouvido da mãe.

— Que mania a desse pessoal de pôr nome estrangeiro nos filhos...

— Pois não, senhora Cláudia — continuou o atendente. — A ligação é a respeito do recall do modelo NK-360?

Priscila arregalou os olhos surpresa, como quem diz: "Nossa, que zero-oitocentos eficiente!!!"

— Isso mesmo, Lincoln.

— É Rúsvel, mãe! — Priscila deu uma gargalhada.

— Desculpe, Rúsvel... — consertou Cláudia, envergonhada.

— Não tem problema, senhora Cláudia. Estou acostumado, já me chamaram até de Bush. Então a senhora possui uma câmera modelo NK-360?

— Possuo, sim.

— A senhora lembra quando ela foi comprada?

— Tem um ano, mais ou menos.

— Ótimo. Então sua câmera está incluída em nosso recall. Estamos trocando todos os aparelhos deste modelo comercializados nos últimos dois anos.

— Trocando? Vocês não vão consertar?

— Não, senhora, nós vamos recolher todas as câmeras e providenciar uma nova para o cliente.

— Mas ela sempre funcionou perfeitamente...

— Mesmo assim, precisamos dela de volta.

— Que defeito que ela tem?

— Lamento, senhora, mas isso eu não estou autorizado a informar.

— E se eu não quiser trocar a máquina?

— Por favor, senhora Cláudia, eu insisto — a voz de Rúsvel se elevou, revelando apreensão. — É importantíssimo que a senhora nos envie essa câmera com urgência. Não se preocupe, porque a Nikkatsa vai pagar o Sedex e qualquer outra despesa que a senhora tiver...

Priscila resolveu entrar na conversa.

— Escuta, aqui, Rúsvel. Você desculpe a intromissão; eu sou a Priscila, filha da Cláudia. Esse recall de vocês está meio estranho. Como é que vocês não podem informar o defeito?

— Não há nada de estranho, senhora Priscila.

— Senhorita, eu tenho 17 anos.

— Como queira. Não há nada de estranho, senhorita. Simplesmente se trata de uma informação confidencial.

— Ora, que absurdo é esse? Se existe um perigo tão grande, como é que vocês não contam logo? É algum segredo industrial, por acaso?

— ...

— Não vai responder, não? Olha que eu vou desligar.

— Não, não, por favor, não desligue. É importantíssimo que a senhora sua mãe nos envie a câmera.

— Agora é questão de honra, Rúsvel. Eu só mando se você me contar qual é o defeito.

— Pois bem, senhorita Priscila, eu vou consultar meu gerente. Por favor, aguarde um instante.

Cláudia apertou a tecla mute e ralhou com a filha:

— Você deixou o rapaz constrangido. Ele só está fazendo o serviço dele. Provavelmente nem sabe qual é o defeito da máquina.

— Duvido, mãe. Esse Rúsvel não está me parecendo um típico atendente de call-center. Ele não te enrolou, não falou daquele jeito rebuscado que eles falam, parece estar verdadeiramente disposto a resolver o problema. Tem coisa aí.

Quando Rúsvel voltou, tinha a voz mais calma. Ou, pelo menos, foi o que tentou aparentar:

— Meu gerente me autorizou a informar que se trata de um defeito no flash.

— Mas que defeito, moço? — Priscila não se deu por satisfeita. — O flash esquenta? Explode? Vaza algum líquido venenoso?

— Não, não, nada disso.

— Então diga o que é.

— Infelizmente...

— ... eu não posso informar — emendou Priscila, imitando a voz dele. — Então nada feito, Rúsvel. Tenha um bom-dia.

E bateu o telefone na cara do sujeito.

— Minha filha, que falta de educação! Você quer me matar de vergonha?

— Você que é muito mansa, mãe. Eles têm obrigação de explicar qual é o defeito. Tem alguma coisa estranha nessa história. E eu vou descobrir o que é.

A mãe balançou a cabeça.

— E vai descobrir como, exatamente?

— Eu dou meu jeito. Você não vive dizendo que a minha turma é modernosa, prafrentex, essas coisas todas? Pois então. O Ricardo, meu colega, é um hacker dos bons, já ganhou até prêmio. Vou ver se ele consegue entrar no sistema da Nikkatsa e descobrir esse mistério.

— Como assim, entrar no sistema?

— Sei lá, mãe, o hacker é ele, ué! Tenho certeza que ele dá um jeito de invadir o site da empresa e descobrir isso pra mim. Ele tá me devendo uma, que eu ajudei ele a ficar com a Laís.

— Menina, isso não tem nada de ilegal, tem? Não é crime, por acaso?

— Nada de grave, mãe. O Ricardo é um hacker do bem. Não vai roubar dinheiro de ninguém, não vai destruir o site da Nikkatsa. Só vai me ajudar a desvendar este segredo. Hoje à noite eu converso com ele no pré-vestibular e já passo o serviço completo. Não dou três dias pra ele descobrir tudo.

Quando Priscila desceu, Cláudia ficou rindo sozinha. Depois de tantos anos, como é que ela ainda se espantava com a audácia, a ousadia, a petulância daquela menina? E com a vitalidade dela. Qualquer bobagem à toa era capaz de empolgar a filha, qualquer coisinha incomum era o estopim pra uma aventura. Vê só se ia perder tempo com aquele recall? Nunca! Mas pra filha tudo virava festa.

Abriu a porta do armário e repetiu a rotina de tantas vezes nos últimos meses. Espiou roupa por roupa, imaginando qual delas ficaria encharcada mais depressa, qual seria a mais pesada, qual a ajudaria a afundar mais rápido quando ultrapassasse a região das ondas e o mar não desse mais pé.

Em seguida fechou o armário, voltou para a cozinha, preparou um lanchinho para a filha beliscar quando voltasse da aula, ligou o ar-condicionado, apagou a luz e deitou-se com um suspiro.

Mas não conseguiu dormir. Por algum motivo, não conseguia afastar da cabeça aquele recall. Um defeito no flash? Como assim? O flash não funcionava? Mas, pelo que conseguia lembrar, o flash nunca apresentara problema algum. Pouco antes de o marido morrer, ela lembrava muito bem, os dois tinham tirado várias fotos numa noitezinha fria de outono, na beira da praia, na areia, no calçadão.

Acendeu a luz, foi até a sala, pegou a máquina, examinou com atenção a parte da frente, a de trás, abriu a portinha das pilhas, tudo parecia perfeito. Apertou o botão power, escolheu a opção com flash e tirou várias fotos a esmo: das paredes, da cozinha, do quarto, do armário, do mar. O clarão funcionou normalmente todas as vezes. No visor do aparelho, a imagem também apareceu perfeita.

— Que bobagem — falou pra si mesma. Essa máquina não tem nada.

* * *

Era quase meia-noite quando o telefone tocou. Três dias tinham passado desde o telefonema para a Nikkatsa. A voz de Priscila estava tão transtornada que Cláudia entrou em pânico.

— Menina, que barulheira é essa? Alguém te pegou? É sequestro relâmpago?

— Não, mãe. Está tudo bem. É que eu vim com o Ricardo pra um boteco depois da aula. Você não acredita na história fantástica que ele descobriu, mãe!

— Que história, menina? Ainda é aquela conversa do recall?

— Mãe, o Ricardo conseguiu hackear o sistema da Nikkatsa e descobriu uma coisa totalmente radical. Eles estão atrás de uma câmera específica, mãe! Pode ser a sua!

— Calma, menina. Eles quem?

— A Nikkatsa, ora! No anúncio eles falavam que o recall era pra todos os aparelhos daquele modelo lá, mas eles só querem mesmo é recuperar uma câmera, umazinha só. O resto é só pra disfarçar. E você não vai acreditar no defeito da câmera. Eu nunca ouvi uma coisa assim na minha vida.

— O quê?

— Sabe aquele cara, o Lincoln, Reagan, sei lá...

— Rúsvel!

— Isso! Lembra que ele falou que o problema era no flash?

— Lembro. Era mentira?

— Era e não era.

— Como assim, Priscila? Você não tá falando coisa com coisa.

— Você tá sentada, mãe?

— Tô.

— Então escuta só isso: a fábrica da Nikkatsa, no Japão, está desenvolvendo um projeto superultrassecreto e por engano o protótipo deles acabou desaparecendo no meio de um lote de câmeras normais.

— Menina, desembucha logo ou eu jogo essa máquina na sua cabeça, quando você chegar!

— Não, mãe, nem pense nisso. A máquina desaparecida vale uma fortuna. Sabe por quê? Porque é a única câmera do mundo que tem a função flashback.

— Como é que é?

— Juro, mãe. Foi o que o Ricardo descobriu hackeando o site da Nikkatsa. Um cientista maluco deles, lá, descobriu um jeito de fotografar o passado. Você tá entendendo, mãe? O flash dessa câmera não é meramente um flash. É um flashback. Usando este recurso, a gente pode tirar fotos de gente que já morreu, prédios que já foram derrubados, tudo que já existiu e não existe mais!

— Que loucura! E como é que esse segredo foi escapar da fábrica?

— Isso o Ricardo não sabe. Pode ter sido por acaso, por erro, ou até mesmo por sabotagem ou vingança de algum funcionário. O Ricardo não conseguiu decifrar tudo, porque os relatórios estavam em inglês. Mas, pelo que ele entendeu, parece que os cientistas que estavam trabalhando neste projeto ficaram meio pirados, depois que conseguiram estas imagens do além.

— Meu Deus, será que é a minha máquina?

— Pode ser muito bem! Eles descobriram o sumiço há alguns meses e desde então estão malucos, vasculhando o mundo inteiro. Parece que essa câmera veio parar no Brasil, mas, como ainda não foi encontrada de jeito nenhum, a Nikkatsa teve que apelar pro recall.

— Meu Deus, eu nunca imaginei...

— Nem eu, mãe. Imagine só se essa máquina for a sua? A gente vai ficar milionária! Mãe, não sai daí que eu estou indo pra casa agora. Em meia hora eu chego aí.

Cláudia desligou o telefone e enxugou uma gota de suor no pescoço. Ficar milionária? Não, nem pensava nisso. Mas fotografar o passado? Essa, sim, era uma ideia tentadora. Assustadora, também. Olhou de soslaio para a máquina que descansava em cima da cama, com uma aparência tão neutra e inocente. Será que aquele aparelhinho era mesmo capaz de enxergar o passado, os mortos, os fantasmas? Será que com ele Cláudia poderia ver de novo o marido?

Apertou o botão power tremendo de tanta aflição. Olhou no visor as fotos que tirara três dias antes: não, todas as imagens pareciam absolutamente normais. Mas aquele visor era tão minúsculo, não podia ter certeza absoluta. Quem sabe passando as fotos para o computador? Quem sabe na tela de 17 polegadas ela conseguiria ver alguma coisa?

Conectou os cabos, transferiu os arquivos das fotos. Antes de abrir as imagens, ainda relutou alguns segundos. Devia mesmo fazer aquilo? Devia acreditar naquilo? Desejar aquilo? Mas a saudade, ou a curiosidade, falaram mais forte.

Logo na primeira imagem, Cláudia estremeceu. Ela fotografara meramente a parede vermelha da sala, uma parede nua, sem quadros nem retratos. Agora parecia haver um borrão no canto esquerdo, talvez um vulto. Na segunda foto, ela não teve mais dúvida. Via nitidamente um rosto, na cozinha, ao lado da geladeira. Um rosto cabisbaixo, triste. O marido parecia não ter coragem de olhar para ela. Na imagem seguinte ele tomava coragem: encarava diretamente seus olhos e parecia querer dizer alguma coisa. Mas o quê? O quê, meu Deus? A quarta e a quinta fotos só serviram para confirmar sua aflição. Não, ela não ia suportar aquilo.

Correu até o quarto, abriu a porta do armário e não precisou nem pensar. A roupa já estava escolhida há muito tempo. Era o vestido azul, de flores. Desceu o elevador segurando a máquina com firmeza, como se apertasse outra vez a mão do marido. Passou pelo porteiro sem levantar a cabeça, cruzou a avenida sem olhar para os lados, e no calçadão retirou as sandálias.

Atravessou a areia fina e úmida, entrou na água sem ligar para o calafrio provocado pela água gelada. E caminhou mar adentro. Andou, andou, andou, saltou as ondas pequenas e poucas, avançou até ficar na pontinha dos pés. Pesada, cansada, ofegante, virou o pescoço e olhou para o sétimo andar. Sua sala de jantar era uma das poucas iluminadas, àquela hora. Na janela, dava para ver Priscila, olhando pro mar, agitando os braços. Tinha adivinhado a intenção da mãe.

Levou até a boca a máquina, ou, como diria Priscila, a câmera digital, deu nela um beijo salgado e então, num gesto decidido, abriu a mão. E a máquina simplesmente afundou, sumiu, levada pelo movimento escuro das águas.

Luiz Antonio Aguiar

Procura-se

Luiz Antonio Aguiar: perigoso agente-ora-infantil-ora-garotão infiltrado no mundo dos *Gente-Grande*. Tem muitos segredos na vida. Um deles é que, na verdade, não é adulto (mesmo já sendo avô do Vicente e da Olívia). É como a biografia bem séria da orelha deste livro — tudo disfarce para melhor poder exercer suas artes. Mas não se deixem enganar: ele está do lado de quem tem *mundos à vista*! Aquariano, carioca, bom cozinheiro e rubro-negro, escreveu esta história que, se alguém politicamente correto souber que ele a está passando aos seus leitores, vai dar chabu. Esta é daquelas que ele não podia mesmo contar!

Nunca mais

Luiz Antonio Aguiar

— Dava pra você fazer menos barulho? — ralhou a garota, mas não conseguiu segurar a zanga e caiu na risada.

— A escandalosa aqui é você — respondeu ele. — Precisava de tudo aquilo?

— Ainda bem que não tem ninguém em casa — disse ela, com um sorriso nos lábios, depois rolou sobre ele e alcançou uma caixinha de suco de fruta, no chão atapetado. Ainda havia um restinho, que a garota sorveu fazendo ruídos, avidamente.

— Só que devem ter escutado você até lá na rua... — falou ele, começando a vestir as calças de volta.

— Não! — disse ela.

— Não, o quê? — replicou ele, surpreso.

— Não se veste... ainda não!

Os dois haviam se apropriado da biblioteca do pai de Sarah.

— Lá é mais romântico — disse ela. — No chão... em cima dos tapetes persas.

— Tapetes persas... algum deles voa?

— Todos... depende da gente... — falou ela, puxando o pela mão.

Daí, entraram na biblioteca, separada do vestíbulo por um corredor. Era uma casa antiga, muito antiga, num bairro de mansões, todas muito, muito antigas. Algumas tinham o nome da propriedade gravado em placas, no portão, ou em baixo-relevo no muro de pedra, como era o caso daquela: USHER. Era o sobrenome da família de Sarah. Até conhecê-la, Alan só estivera naquele bairro de passagem. Nunca pensara em entrar em uma daquelas mansões, e até mesmo se surpreendera quando Sarah lhe disse onde morava — principalmente quando convidou-o a visitá-la.

E essa foi somente a primeira surpresa.

A outra é que, quando apertou a campainha (depois de conferir o endereço dez vezes, por medo de estar batendo na porta errada — e sabendo o tempo todo que era ali mesmo que deveria entrar), a voz de Sarah o recebeu, alegre, no interfone, o portão se abriu com um zumbido, e ele se viu penetrando em uma alameda ladeada de árvores. Em volta, havia um gramado perfeitamente cuidado, e tudo era silencioso. O que Alan estranhou é que não havia ninguém à vista. Esperava, no mínimo, topar com seguranças vigiando a casa ou empregados.

— Os seguranças são para ver você, não para serem vistos, bobo. Senão, não funcionam — explicou Sarah. — E os empregados... meus pais deram folga à maioria deles, quando saíram de férias. Hoje, eu dispensei os que ficaram...

Era uma tarde clara de outono. A mansão tinha fachada de pedra. A alameda tinha cerca de 100 metros de extensão, e Sarah estava esperando ao final dela, com um sorriso no rosto que o fez sentir-se capaz de atravessar mil perigos, mil territórios desconhecidos, se assim fosse necessário para vê-la.

Conhecera Sarah num shopping. No que pôs os olhos nela, ficou arrasado. Era linda, como essas garotas que não podem existir de verdade. E, de repente, ela se voltou para ele e sorriu. Tinha os cabelos muito louros, encaracolados, a pele muito pálida, os olhos muito verdes — uns olhos que estavam tão febris, olhando para ele, que era como se a garota estivesse pedindo para ser amada. Como se estivessem pedindo isso a ele. E aí é que ele não acreditou mesmo. Tanto que, no que chegou junto dela, disse:

— Tá legal, sei que você vai dizer que eu sou louco, metido, mas... bem, se eu não viesse conferir, ia morrer de arrependimento pelo resto da vida, e... Quer dizer... Você...?

Ela balançou a cabeça, afirmativamente, morrendo de rir.

— Quer dizer, não foi miragem, você... você estava mesmo me secando, então...?

— Que tal a gente tomar um suco? — disse Sarah, já indo em direção a uma lanchonete.

Alan foi atrás.

O garoto desenhava. Na verdade, era um desenhista muito, muito bom. Fazia alguns cursos de ilustração e já havia participado de mostras coletivas com outros colegas. Os professores elogiavam nele "a dramaticidade que consegue tirar dos contrastes de luz e sombra, claro e escuro, como se suas figuras escapassem de uma área fora do quadro para o primeiro plano — como se estivessem vivas, enquanto ocultas, e agora quisessem sair, pôr-se para fora. Como se quisessem invadir nosso mundo". Tanto que o copo de suco ainda não estava pela metade e mal haviam dito um ao outro seus nomes, quando o garoto, assim do nada, falou:

— Vou fazer o seu retrato...

No primeiro momento, Sarah baixou os olhos, como se algo perturbador houvesse penetrado em sua mente. Mas, dois segundos depois — antes de o garoto reparar na breve mudança — ela erguia a cabeça, de novo sorridente, de novo cravando os olhos, convidativamente, nos olhos dele, e disse:

— Então, você vai ter que ir lá em casa. Que tal esse sábado?

Daí, a casa, no bairro que a cidade chamava simplesmente de Mansões; e Sarah, depois de recebê-lo com um beijo inesperado, de lhe mostrar um pouco da casa — a sala, as portas envidraçadas que davam para o pequeno pomar dos fundos — , já o foi conduzindo pela mão para a biblioteca, cuja porta era de madeira maciça. No que a porta se abriu, Alan levou um susto e recuou dois passos quando uma figura negra pareceu avançar sobre ele.

Então ele riu, sem graça, para si e para Sarah. Sob um pedestal de madeira escura, do tamanho de uma poltrona, um enorme corvo de bronze abria as asas e o bico, os olhos famintos fixados nele, como se o garoto fosse sua presa. A estátua recebia a quem chegasse à biblioteca, dominando todo o pequeno vestíbulo, antes da sala dos livros, como se alertasse os visitantes de que estavam entrando num reino estranho, com leis próprias.

— Essa coisa é mesmo pavorosa — disse Sarah. — Está na minha família faz... séculos. Essa biblioteca é o museu de família do meu pai.

Alan assentiu, de cabeça. O corvo continuava com seu olhar feroz cravado nele e, mesmo agora, sabendo que se tratava de um bicho incapaz de se mover, o incomodava. Foi então que viu a inscrição gravada em baixo-relevo, no pedestal: "Nunca mais".

O retrato estava oculto por um biombo, num dos cantos da biblioteca. Tinha formato oval e moldura de madeira.

— Quem é ela? — perguntou Alan, fascinado pela figura da moça que olhava meigamente para ele da tela. Era bastante jovem... Nem 20 anos, talvez. E havia, no canto inferior direito, além da assinatura indecifrável do pintor, uma data: 1839.

— E por que precisa ser alguém? — respondeu Sarah, puxando o garoto pela mão, para afastá-lo. — Não pode ser só um retrato?

Alan olhou em torno. A biblioteca era tomada por estantes até o teto, todas cheias de livros arrumados rigorosamente. Alguns estavam encadernados; outros eram brochuras. Havia livros cujas lombadas davam aparência de muito antigos, assim como havia os mais novos. Eram de todos os tamanhos. Havia uma grande mesa no centro, com uma confortável poltrona de trabalho, de couro preto. Sobre a mesa havia alguns papéis sob um peso de cristal e um estojo com algumas canetas simples. Havia, ainda, arrumadas sobre a borda da mesa, espátulas de diversos tipos, todas antigas, como se formando uma pequena coleção. Em um dos cantos da biblioteca, havia duas poltronas de leitura, tipo Bergère, em couro vinho escuro, com suas respectivas banquetas para os pés, e uma eficiente luminária entre elas, indicando acomodarem pessoas que gostavam de passar horas mergulhadas na leitura. Pelas paredes, onde as estantes abriam brechas, havia gravuras, um quadro de uma paisagem urbana antiga, uma rua e, no canto oposto ao das poltronas de leitura, aquele biombo.

Alan fora atraído para aquele lado, no momento em que Sarah se ausentara por um instante, para ir ao banheiro da biblioteca. Ainda estavam despidos. Primeiro Alan ficou de olhos parados sobre o biombo, como se a peça lhe propusesse um enigma. Era de madeira escura, sólida, como tudo o mais na biblioteca, lisa e sem detalhes. Uma madeira triste, que bem poderia ser aproveitada em ataúdes.

Então, o garoto avançou alguns passos e espiou por trás do biombo. A sensação a seguir foi que seus pés se arrastaram, como se atraídos em direção ao quadro, assim como sua mão, subindo para a tela; os dedos acariciaram os lábios da moça, e Alan sussurrou:

— Viva... ela está...viva...

— Hem? — exclamou Sarah, chegando por trás dele, uma expressão de estranheza no rosto.

Alan levou um susto, como se não esperasse que alguém mais pudesse surgir ali.

— Quem é ela? — insistiu Alan.

Sarah baixou os olhos, fez uma careta e disse:

— É uma espécie de segredo de família.

— Segredo... por quê?

— Meus pais não gostam que se conte essa história.

— ... Que história? Que segredo?

— Escuta... — Sarah ficou séria. Estava contrariada. — Dá para você respeitar? Eu também não quero que ninguém fique pensando que minha família é esquisita. Que eu sou esquisita.

E como quem quer encerrar o assunto, Sarah o puxou para um beijo. Alan aceitou o beijo, mas continuou olhando para ela com ar de quem pede, de quem quase suplica... Sarah soltou um suspiro e deu de ombros, rendendo-se...

— Ah, tá bem! Parece que vir aqui para a biblioteca não foi uma boa ideia. É que meu quarto lá em cima está uma zona. Eu sou uma zoneira, sabe?... — Então, a garota fitou o quadro por alguns instantes e, com um suspiro, disse: — O nome dela é Virgínia. Quer dizer... era. Tinha 19 anos quando esse quadro foi pintado.

— 1839 — murmurou Alan, conferindo mais uma vez a data.

— Isso. Foi uma ancestral minha, lá de onde minha família veio... Dos Estados Unidos. Baltimore. No nordeste, na costa do Atlântico... Minha família praticamente foi expulsa de lá por causa dessa história de maldição. Não admira que meus pais não gostem de falar nisso. Eles guardam o quadro porque... meu pai acha que é uma obrigação dele, tipo preservar relíquias de família. Além do mais, parece que é valioso, não sei quanto, mas se ele quisesse vender um dia...

— Mas que maldição...?

— Tudo bobagem.

— Por favor...

— Eu vou contar... — disse ela, sorrindo e remexendo os cabelos dele. — Você já não adivinhou que não estou conseguindo negar nada a você? Sabe, eu não sou assim com todo mundo. Foi ver você e eu... quis você!

Alan sorriu. Ela o puxou de novo para o chão e, agora com o biombo recolhido, sob o olhar da moça do retrato, começou a contar:

— Virgínia... Ela se apaixonou com 13 anos por um pintor. O nome dele... bem, não me lembro. Acho que poucas vezes é citado. Mas ele era mais velho, sem dinheiro, a família dela não aceitou de maneira nenhuma. Então os dois fugiram e se casaram. Viveram juntos por anos, sempre fugindo dos pais dela. Sempre com problemas para se sustentarem. Daí, certa vez, estavam já sem nada, desesperados, e ela pediu a ele que fizesse um retrato dela. Pelo menos, essa é a história... É que a gente desconhece muita coisa, entende? Faz tanto tempo, e teve sempre essa história do segredo, de não deixar essa história sair da família, principalmente depois que vieram para cá começar vida nova, em um lugar onde ninguém poderia jamais ter sabido do que aconteceu, mas...

— O que aconteceu?

— Cara, tô tentando te dizer que não sei direito o que aconteceu... O que eu sei é que o marido de Virgínia começou o quadro dela. Daí, quando foram ver, ele não conseguia mais largar a pintura. Ele pintou, pintou... Então, terminou, e encontraram ele morto, junto da tela. Essa tela! — Sarah apontou acusadoramente a moça no retrato. — Disseram que foi ela. Que ela não aguentava mais ficar com ele, passar tanta necessidade e daí... fez um encantamento. Fez ele passar a vida dele para o retrato... Por isso, todo mundo que olha esse quadro diz...

— Que ela está viva!

— Isso... Virgínia voltou para casa e os boatos sobre a morte do pintor se espalharam. As pessoas da cidade primeiro ficavam com medo quando a viam passar na rua. Depois, começaram a chamar Virgínia de nomes, dizer coisas terríveis dela e da nossa família. Tentaram incendiar a mansão onde moravam. Eles tiveram de fugir, para não serem mortos por lá. Trouxeram o quadro com eles, mas ficou muitos anos escondido numa caixa, no porão desta casa. Foi meu pai que encontrou e pendurou aqui. Eu, por mim, jogava fora essa coisa...

— Ela... se parece com você! — disse Alan e se levantou, novamente atraído pelo retrato. Novamente com aquela necessidade de tocar os lábios da moça na tela.

— Pirou, Alan! — rebateu Sarah, indignada. — Tá vendo coisas, ficou foi impressionado pela história. Nunca ninguém disse isso.

— Parece, parece... — insistiu Alan.

E minutos depois atravessava o portão da casa, saindo de novo para a rua.

No que chegou em seu apartamento, cruzou com a mãe na sala, que lhe disse, preocupada:

— Alan, você está estranho. Vem cá...

— Me deixa, mãe.

— Você está quente! — disse ela, experimentando a testa. — Não está sentindo nada? Seu olhar está caído. Você pegou uma gripe.

— Me larga — resmungou o garoto e foi se trancar no quarto. Pegou seu bloco de grandes folhas de desenho, seus lápis preferidos e começou a desenhar.

Primeiro, ele se sentiu sufocado. Uma pressão no peito, como se algo o tivesse esmagado. E aquela aflição do ar que não entrava.

Então, abriu os olhos. Tudo estava embaçado. Ainda por cima, ele não conseguia se mexer. Nem gritar. Apenas ver. E a viu. Era ela. A moça do retrato. Ou talvez fosse Sarah, o rosto de uma se alternava com o da outra. Ela sorria para ele. Um sorriso que o apavorava. Que ele tinha certeza de que ninguém mais na sala via (tinha outras pessoas na sala, ele não as enxergava, mas escutava as falas delas, apesar de não decifrá-las, como se falassem em outro idioma, um idioma estranho).

Quem quer que fosse ela, Sarah ou Virgínia, inclinou-se sobre seu corpo imobilizado, para beijar seus lábios frios, então sussurrou: "Nunca mais".

Daí, ela se ergueu, olhou-o de cima, sorriu, aquele sorriso... e foi quando fecharam a tampa sobre ele que Alan compreendeu que estava num caixão. O olhar e o sorriso dela foram as últimas coisas que conseguiu ver. Foi a imagem que o acompanharia, numa escuridão em que ele enxergava — mas enxergava apenas essas imagens: o rosto do retrato, depois o rosto da moça, sorrindo para ele, junto ao caixão, se despedindo dele.

A falta de ar já era medonha. Sentia seu peito se comprimir. Pontadas pelo corpo inteiro e uma sensação de estar abandonado, que o desnorteava — jamais imaginou que alguém poderia se sentir tão perdido assim.

Então se sentiu carregado. E baixado. E logo o fundo do caixão tocou um solo de pedra. Começou a sentir frio. Muito frio. Ele estava, agora, não exatamente morto; mas exaurido, como se a vida tivesse sido drenada dele até um ponto em que não restava nada mais que pudesse ser detectado. Só que, nesse estado letárgico, poderia sobreviver indefinidamente.

Então, escutou coisas caindo sobre a tampa do caixão. Compreendeu que era terra. Que o estavam enterrando. Que ele jamais veria de novo a luz.

No que acordou, ainda demorou até conseguir permitir que o ar entrasse em seus pulmões. E demorou mais ainda para conseguir se mexer. Estava no chão de seu quarto. Suava em abundância. Sua mão trêmula logo procurou pelo chão até encontrar o lápis. Já estava sem ponta. Com sua faquinha, ele o apontou.

Já ia retomar o desenho, ofegante ainda, a febre parecendo aumentar a cada segundo, quando seus olhos se detiveram num canto escuro, junto a um armário. Fez menção de gritar, mas estava sem forças, e o que emitiu foi um gemido dolorido, do fundo da sua alma. Havia um rosto ali — ele o enxergou com clareza. Era o da moça do retrato, ou o de Sarah.

Eram olhos que o vigiavam. Para ver se estava cumprindo a tarefa — isso ele entendeu. E que, se continuasse desenhando, ela não o destruiria. Não ali, pelo menos; não imediatamente.

Ele sabia que não podia parar de desenhar até terminar o quadro.

Mal havia amanhecido. Sarah abriu os olhos muito arregalados de repente e saltou da cama. Sentia um temor, uma ansiedade, que foi provavelmente o que a acordara tão cedo. O pressentimento era tão forte que, praticamente num movimento contínuo, a garota saiu do quarto, desceu as escadas e correu para a biblioteca.

A porta estava aberta. Só por um segundo, ela parou diante do corvo de bronze, a fração de segundo necessária para trocar um olhar com a estátua e repetir, em pensamento, a inscrição do pedestal: Nunca Mais.

O biombo estava recolhido. Havia alguma coisa caída junto ao quadro.

Ou alguém.

Sarah agachou-se junto a ele.

Alan estava tremendo, inconsciente. Nas mãos, a pasta onde cuidadosamente estava acondicionado o desenho. A posição era da moça do quadro. Mas o rosto era de Sarah.

A garota então ergueu os olhos para o retrato oval na parede. A imagem pintada estava embaçada — e nos próximos dias desapareceria quase por completo. Restaria pouco mais do que uma mancha indiscernível.

("Fungos raros", é o que o especialista diria ao pai de Sarah, quando ele retornasse de viagem. "Não há como restaurar o retrato.")

A garota pulou de pé e correu para o telefone sobre a mesa do pai. Pouco depois, a sirene de uma ambulância cortava a tranquilidade do Bairro das Mansões.

A causa da febre de Alan não chegou a ser diagnosticada. Na UTI, poucas vezes ele despertou, e apenas para se debater, como se lutasse contra alguma coisa que o estava sugando para a escuridão. Seus olhos arregalados, aterrorizados, enxergavam algo que somente ele via, enquanto os enfermeiros tentavam contê-lo. Nos momentos de inconsciência completa, tremia, o corpo inteiro, sem cessar. E gemia, como se alguma dor estivesse lhe pulverizando os ossos. Ou fossem vermes, comendo suas entranhas.

Passou quatro dias assim, delirando, cada vez mais depauperado. Foi a mãe que escutou suas últimas palavras, na última madrugada de agonia. Ela contou que, num sussurro, sem retomar os sentidos, ele disse: "Acabou tudo. Alan agora é nunca mais."

Treze meses depois, aquele garoto escalava o muro da Mansão Usher, sem saber, exatamente no mesmo ponto em que Alan o havia feito, e pulava para o gramado, ocultando-se, por trás das árvores da alameda, de um segurança que ele imaginava que poderia flagrá-lo, mas que ele não via, assim como não o vira na primeira vez em que atravessara o jardim. Ainda como Alan, deu a volta até o pomar dos fundos e entrou na sala principal pelas portas envidraçadas, que adivinhou, como Alan o fizera, que estariam destrancadas. Por um segundo, se perguntou se numa mansão daquelas não haveria um alarme nas portas e estranhou a facilidade para invadi-la. Mas logo foi apenas entorpecido pela necessidade absoluta que o trouxera até ali.

O garoto se chamava Edgar. E também era um ótimo desenhista. Aliás, Sarah o conhecera numa exposição, no colégio em que estudavam. Parara diante de seus desenhos, admirada, e logo se aproximara dele para conversarem. E ela era linda, tão linda; Edgar ficou fascinado.

Logo estava à porta da biblioteca, hesitando, com medo de encarar novamente o corvo de bronze e o lúgubre dístico na superfície do pedestal — como se o próprio corvo estivesse proferindo aquela expressão, como se fosse uma maldição invencível sobre quem ousasse penetrar ali.

Passou direto pela ave agourenta, atravessou o soalho de madeira escura da biblioteca e deteve-se apenas para afastar o biombo.

Lá estava, a moldura oval, com o retrato de Sarah feito a lápis. Edgar ficou paralisado, contemplando o retrato. Ergueu a mão para tocar aqueles lábios, aproximou-se mais ainda e finalmente beijou os lábios do desenho, sentindo como se tivessem calor, sangue correndo logo abaixo da pele.

— Parece viva... — murmurou.

Foi a custo que Sarah lhe havia contado a história daquele retrato.

— É um segredo meu... — dissera a garota. — Uma história que não quero que fiquem espalhando por aí, senão vão achar que eu sou louca... esquisita...

— Eu juro que não conto pra ninguém — disse o garoto. — Mas eu preciso... saber.

— Pode... ser perigoso para você, se eu contar... — Daí, os dois ficaram se fitando por alguns instantes e, finalmente, Sarah, com um suspiro, disse: — Tá bem, eu não aguento mais ficar com isso só pra mim... Ele... o cara que desenhou esse retrato, era um amigo meu... Ele morreu. Foi uma coisa tão estranha...

E Sarah lhe contou a história de Alan.

Edgar escutou como se uma febre começasse a tomá-lo. Depois foi para casa e começou a desenhar. Mas, nisso, com ele aconteceu diferente do que houve com Alan. Ele não conseguiu ir adiante no desenho. E foi como se a figura no retrato o chamasse, do outro lado da cidade, de volta até o Bairro das Mansões. No meio da madrugada, Edgar saiu de casa e tomou um ônibus, com sua pasta de desenho debaixo do braço e a testa ardendo. E agora estava ali.

Edgar sentou no chão, sob o olhar da garota no retrato — que tinha o rosto de Sarah, mas vestia trajes antigos e estava naquela posição serena, imperturbável, como se pudesse existir por toda a eternidade sem que nada das conturbações e mazelas humanas pudesse afetá-la. Era uma figura que Edgar sentiu dotada de uma pureza e, ao mesmo tempo, de um poder e de um mistério indecifráveis.

Ou, talvez, não fossem indecifráveis. Talvez ele pudesse captar esse poder e esse mistério em seu desenho. Era o que ia fazer. Era o que tinha de fazer. Começou a esboçá-lo. O rosto era de Sarah, mas ela de meio-corpo, com os seios totalmente à mostra, e estava sentada, tendo por fundo aquela mesma biblioteca, como se estivesse olhando Edgar, como se o vigiasse. E ele ia executando a tarefa, enquanto a dormência entorpecia progressivamente seus nervos.

No andar de cima, Sarah despertou, os olhos arregalados. Mas refreou seu impulso de saltar da cama. Afastou a coberta, sentou-se, abraçou os joelhos e aguardou, imóvel, tomada de ansiedade, de pressentimentos, temerosa. Só desceria dali a algumas horas, quando o dia estaria já clareando e seu novo retrato, concluído.

Pedro Bandeira

Procura-se

Pedro Bandeira vive inventando histórias para escrever para você. Assim, como nada do que ele escreve aconteceu de verdade, tudo não passa de mentiras, não é? Aliás, desde pequeno ele sempre teve muito jeito para isso. Para escrever? Não, para contar mentiras. Só que, quando ele era pequeno, os adultos o chamavam de mentiroso e o punham de castigo... Porém, depois que ele se tornou adulto e passou a contar suas mentiras por escrito, todo mundo diz que ele é "criativo"... Pois é: em mentira escrita todo mundo acredita. A última mentira dele foi a história que está neste livro. Cuidado: é tudo mentira!

Tia

Pedro Bandeira

Pressa! Era só nisso que Adélia conseguia pensar: pressa! Ai, como ela pudera perder a hora daquela maneira? Por que não prestou atenção às previsões do dia?

Complicava-se com as modernidades eletrônicas daquele carrão, nome japonês (ou coreano?) que ela não conseguia pronunciar direito, fazendo-o rugir como jamais ouvira acontecer sob o comando de algum de seus três motoristas, que se alternavam para servi-la a qualquer hora do dia ou da noite.

Deixou morrer o motor ao frear atrás de uma imensa fila de carros detidos por mais um sinal vermelho. Virou a chave e voltou a ouvir o ronronar suave da máquina importada. Fazia calor, uma noite abafada e poluída, mas Adélia não havia conseguido lidar com o ar-condicionado. Aquela geringonça não saía do quente e ela já havia desistido de apertar-lhe as teclas. O carro era comandado por computador, mas o que Adélia não conseguia era comandar o maldito computador. Pelo menos acionar o vidro elétrico tinha sido possível, mas de fora só vinha o bafo da noite da metrópole concretada e asfaltada.

Ah, se arrependimento matasse, Adélia cairia dura e fria ali mesmo, dentro do carro. Ele, capricorniano de A a Z, é claro que era bom de cama. Mas ir ao motel com aquele garotão no fim de um dia em que Marte estava oposto a Vênus... Bem, para ela tinha sido um erro fatal.

Do lado de fora, uma sombra miúda, suja e sem cor, surgia ao lado de sua janela, e Adélia ouviu uma vozinha, certamente feminina, provavelmente abaixo dos 6 anos se ela tivesse se preocupado em calcular, que lhe estendia a pequenina mão:

— Tia, dá um trocado?

Automaticamente, Adélia travou as portas e premeu o botão do vidro elétrico, elevando uma barreira de vidro à prova de balas e isolando-se do olhar pálido da pequena mendiga.

Amarelo, verde afinal. Mas o trânsito estrangulado não se moveu. Um coro de buzinas ergueu-se, como se barulhos histéricos fossem algum tipo de abre-te Sézamo que efetivamente pudesse descerrar uma passagem milagrosa no meio da blindagem de aço e plástico que cobria o asfalto. Buzinou também, juntando-se à irritação dos congestionados como ela.

A noite era sem céu, como são as noites metropolitanas, mas feericamente transformada em dia pela profusão dos painéis de propaganda, que multiplicavam a já estupenda iluminação pública destinada às avenidas que levavam aos bairros murados da ponta da pirâmide social, onde confortavelmente encarapitava-se a emergente Adélia.

Sua vida transcorria como a realização de seus desejos mais ambiciosos. O marido rico além dos sonhos, a segurança absoluta a cargo de musculosos guarda-costas, a criadagem numerosa, na bolsa de couro italiano, todos os cartões de crédito sem limite de gastos, o casarão no bairro mais sofisticado, a piscina, a sauna exclusiva, as viagens por todo o mundo, os mais famosos hotéis nas suítes reservadas à aristocracia, o cofre recheado de joias dignas do colo moreno das preferidas dos marajás do petróleo, tudo...

Conquistara tudo aquilo com um sorriso escandinavo, um par de longas pernas e um corpo sempre mantido em perfeitas condições. Para satisfazer a luxúria do marido? Não. Adélia sabia que comparecer a recepções coberta de diamantes, ouro e esmeraldas e vestindo as grifes mais famosas da Europa era o modo de o marido exibir o próprio sucesso: a ela cabia apenas exibir-se como uma vitrine de uma riqueza conquistada com impiedade e falta de escrúpulos, de modo a provocar inveja e admiração em pessoas cuja impiedade e falta de escrúpulos não alcançavam a eficiência do marido.

O príncipe provedor do seu conforto já se contentara com os dois herdeiros de praxe, nada mais pedia de seu corpo, e há tempos Adélia recorria aos serviços dos plebeus. Obter esses serviços naturalmente não era problema. A dificuldade era conseguir sair sem motorista e sem o par de guarda-costas. O marido pagava sólidos salários a meia dúzia de brutamontes para que não a largassem dia e noite fora da mansão murada. Não que estivesse especialmente preocupado com a segurança da esposa. O que ele não poderia admitir era ter seu nome alardeado em manchetes e ver-se obrigado a pagar alguma alta soma no caso de um muito provável sequestro dela. Assim, Adélia tinha de pagar adicionalmente aos seguranças para que, em determinados dias, ela pudesse sair sozinha, pilotando o carrão oriental rumo a sempre diferentes e distantes motéis. Afinal, não era exatamente assim que agiam suas amigas, as esposas dos milionários que compunham a roda social do casal? Quase todas elas, mesmo não trocando confidências, compartilhavam desse mesmo segredo — e sabiam disso.

Tudo ia bem até aquele dia, quando Adélia adormeceu nos braços do garotão que há meses mostrava-se satisfeito com os presentes e cheques dela e a eles retribuía com competência, em matinês furtivas, quando Adélia podia despir-se de grifes, de joias e de aparências.

Mas o desgraçado era de Capricórnio! De Capricórnio!!! E a aventura vespertina resultara naquela noite sem céu, que encobria Vênus, numa conjunção astral que obviamente negava a possibilidade de uma conjunção carnal com Marte.

Dentro do carro trancado, o calor começava a abafar. Fora, ainda dava para ouvir a vozinha miúda, vinda do estranho olhar da menininha:

— Tia, dá um trocado?

O trânsito moveu-se por fim e o carrão deslocou-se junto, como a mais rica das vértebras de uma serpente infinita, ordenadamente enfeitada por lâmpadas vermelhas, uma serpente metálica de quem ninguém poderia determinar onde estava a cabeça e onde terminava o rabo.

Uma gota de suor brotou-lhe da testa e Adélia tocou o botão do vidro elétrico, abrindo a janela para diminuir o calor.

Estava sem maquiagem e mal conseguira pentear-se ao acordar no motel. Por que tinha pegado no sono? Como pôde permitir-se pegar no sono? Acordara sobressaltada, vestira-se com a maior pressa e saíra da suíte, lá deixando o garoto adormecido, sem pensar como seria estranho o rapaz sair a pé do motel. O que ela pensava era em chegar em casa antes do marido. Do contrário, como explicaria a saída sem motorista, sem seguranças? O que responderiam os empregados, se o marido chegasse e tivesse a curiosidade de perguntar onde estava ela e por que tinha saído sozinha?

Uma desculpa. Se chegasse depois do marido, Adélia tinha de inventar uma desculpa convincente para ter saído de casa sozinha. Era essa sua ideia fixa enquanto tentava livrar-se do congestionamento.

Mais uma vez o trânsito travou no sinal vermelho. A seu lado, uma voz fina:

— Tia, dá um trocado?

O vidro foi novamente acionado e Adélia mais uma vez isolou-se dentro do forno em que o carro se transformara. Junto à preocupação com a chegada em casa, agora ocorria-lhe outra: sozinha, sem os seguranças, era alvo fácil para um assalto de esquina. Não era isso o que ocorria a toda hora na grande cidade? Não fora isso que contara aquele famoso cirurgião plástico, numa roda de champanhe em uma vernissagem, relatando a reconstrução que realizara no rosto da esposa de um banqueiro, dilacerado por um caco de vidro manejado por um pivete? Ela precisava tomar cuidado, acelerar no rumo de casa, mas o trânsito era o principal aliado dos ladrões de sinal.

Se, pelo menos, ela tivesse saído com alguém de Touro... É claro que tudo haveria dado certo: Adélia não teria pegado no sono e àquela hora já teria chegado em casa e provavelmente estaria se produzindo para sair de novo para algum programa, mas desta vez na companhia dos seguranças, para assegurar a tranquilidade do marido.

Adélia não se dignara de olhar de lado para a pequena figura que lhe estendia a mão, mas teve a estranha impressão de que aquela menina era igual à anterior. Poderiam ser gêmeas, se Adélia não tivesse certeza de que todos os miseráveis se parecem.

A vozinha repetia, abafada pelo vidro:

— Tia, dá um trocado?

Por que não havia nenhum policial por perto? O que fazia a polícia, em vez de proteger os cidadãos da ameaça daqueles pequenos miseráveis? Em que o governo aplicava os impostos? Isso era realmente revoltante. Adélia prometeu a si mesma que falaria com a mulher do governador, na próxima recepção em que a encontrasse. Concluiu que, afinal de contas, sendo seu marido um dos principais financiadores do partido do governo, qualquer que fosse ele, alguma compensação ela poderia exigir.

O trânsito arrastou-se por mais um quarteirão, lento como se a serpente de lata tivesse acabado de devorar um boi. Parou de novo. As mãos de Adélia crisparam-se no volante e seu pé direito fez roncar o motor.

— Tia, dá um trocado?

Desta vez, Adélia desviou o olhar para a esquerda. E teve certeza de que era a mesma menina que lhe dirigia o estranho olhar e estendia a mão, à espera do trocado.

Como seria isso possível? Bem, talvez, com a lentidão do trânsito, desse tempo para a menina percorrer o quarteirão a pé e reencontrar seu carro na próxima esquina. Mas por quê? Por que a menina faria isso?

O coração disparou-lhe no peito enquanto a mão apertava a buzina, loucamente. O que estava acontecendo? Por que a menina maltrapilha haveria de correr pela calçada, alcançando seu carro a cada sinal vermelho? O que ela pretendia?

Num repente, entendeu tudo: os bandidos usavam crianças para abrir o caminho. Atrás da menina frágil, na certa um grupo de selvagens haveria de atirar-se sobre ela, sem ligar para a multidão de carros que os cercava, pois ninguém socorre ninguém nas grandes metrópoles. No meio do congestionamento, Adélia estava só, indefesa, à disposição dos criminosos!

Um alívio: o trânsito recomeçava a mover-se e Adélia conseguiu mudar de faixa. Abriu o vidro e pôs a cabeça de fora, pronta a pedir socorro ao motorista do carro ao lado. Mas nem chegou a pronunciar uma sílaba, pois o vizinho de congestionamento simplesmente fez subir o vidro e fixou o olhar à frente, como se ela não existisse.

Felizmente, o trânsito agora fluía um pouco melhor e seu carro pôde percorrer uma boa distância, a média velocidade. Pronto! Daquela armadilha ela estava livre. Seria impossível à menininha e a seus comparsas segui-la a pé.

Mais aliviada, por via das dúvidas, Adélia tratou de tirar os anéis que lhe adornavam os dedos, o bracelete e o colar de ouro maciço. Jogou-os sobre o tapete do chão do carro e, com o salto do sapato, procurou empurrar as joias para debaixo do banco.

Mais uma vez o trânsito se estrangulava e seu carro foi detido frente a um sinal vermelho.

Ao lado de Adélia, vinha a voz, fina como a corda si de um violino:

— Tia, dá um trocado?

O ar faltou aos pulmões de Adélia: era a mesma menina!

Impossível, ora, isso não tinha nenhum cabimento! Na certa, era seu nervosismo que a fazia ver o mesmo rosto em todos os mendiguinhos que perturbavam os motoristas a cada esquina.

— Tia, dá um trocado?

Mas o rosto... o olhar estranho... ora, não poderia ser só sua impressão. Estaria enlouquecendo?

O trânsito andou mais uma vez, e Adélia sacudiu a cabeça, espantando a impressão louca, certamente produto de sua ansiedade, do medo de chegar em casa e encontrar o marido antes de poder inventar uma desculpa cabível para a ocasião.

Enquanto dirigia, trancada no forno do carro blindado, procurava concentrar-se na criação da desculpa. Um divórcio estava fora de cogitação. A vida boa que ela tanto se esforçara por conquistar não poderia chegar ao fim só por causa de uma tarde de motel comprida demais, com o parceiro certo num dia errado. O que ela diria? O que ela...

— Tia, dá um trocado?

Parada ao lado do carro, olhos vidrados numa contemplação inexpressiva, a menina estendia a mãozinha...

Os olhos de Adélia esbugalharam-se também. A menina era a mesma, a mesmíssima, tinha certeza. O que significa aquilo?

Em pânico, acelerou e tentou levar o carro para cima da calçada, abrindo um caminho para fugir à alucinação. Mas aquela seria uma manobra impossível. Ao lado da porta, do outro lado do vidro blindado, a menina continuava a estender-lhe a mão:

— Tia, dá um trocado?

Trancada, Adélia gritou, gritou com todas as forças de seus pulmões. Alguém! Alguém que a socorresse, que a livrasse do pavor daquele momento, alguém que...

Um milagre: como se seu grito fosse uma ordem, o trânsito desimpediu-se no mesmo instante e a avenida larga abriu-se frente a ela. E Adélia pisou fundo, roncando o motor e arrancando com desespero.

O milagre continuava: a avenida estava vazia, desimpedida, sem a sombra de um carro sequer, sem nenhum pedestre nas calçadas.

Terceira, quarta, quinta marcha, e Adélia pôde ganhar uma distância mais do que confortável do que agora era um verdadeiro pesadelo. Respirou fundo, procurando controlar-se, e diminuiu a aceleração até atingir uma velocidade mais razoável. Sentia-se um pouco mais aliviada quando se deteve frente ao próximo sinal vermelho.

Ninguém, nenhuma pessoa, nenhum carro a sua volta. Exceto uma menininha e um olhar estranho, uma mãozinha estendida e um pedido:

— Tia, dá um trocado?

O sinal virava para o amarelo e Adélia arrancou, desesperada, transtornada, sem pensar. Conseguiu cobrir mais de 500 metros e só reduziu a marcha três quarteirões depois, em mais um sinal vermelho.

E lá estava a menina, e lá estava o pedido:

— Tia, dá um trocado?

Adélia acelerava, corria, virava ora à esquerda, ora à direita, mas, a cada volta, a cada esquina, encontrava sempre a mesma menina, o mesmo olhar estranho, a mesma mãozinha e a mesma voz:

— Tia, dá um trocado?

Adélia suava em bicas, as mãos deslizavam molhadas pelo volante e ela chorava em puro desespero.

Repentinamente, o carro dirigido por Adélia desembocou na avenida. Mas uma avenida absolutamente deserta, fantasmagoricamente vazia, infernalmente iluminada.

Ao lado, a voz da menina:

— Tia, dá um trocado? Tia... tia... trocado... tia... dá... dá... dá...

As lágrimas toldavam a visão de Adélia quando ela acelerou como um piloto de corrida, jogando-se na reta deserta da avenida, sob o som fantasmagórico de uma voz fininha, que se projetava por todo o céu da cidade:

— Tia... trocado... troco... dá... dá... dá! Tia... tia... tiaaaaaaaaa!

O carro quase se descolou do chão e atirou-se como um mergulhador na direção de uma imensa coluna vermelha de concreto.

O primeiro policial que chegou à montanha de ferro retorcido em que se transformara o carro importado afastou de mau humor uma menina maltrapilha e suja, parada ao lado da janela do carro, de onde um rio de sangue escorria grosso para o asfalto.

— Sai pra lá, diabo!

Um ruído metálico ressoou no asfalto. A menina abaixou-se e recolheu a moedinha que deixara cair ao ser sacudida pelo policial.

Em seu rostinho inocente, pairava um sorriso perfeitamente satisfeito.

No céu, uma brecha da poluição permitia distinguir palidamente o planeta Vênus, mas Marte não era visível a olho nu.

Rogério

Procura-se

ROGÉRIO ANDRADE BARBOSA: perigoso escritor-mochileiro, meio careca, com cabelos espetados pros lados, ondulando aos ventos dos sete mares.

Idealista, sonhador e romântico. Sua cabeça é como uma caixa cheia de segredos borbulhantes. Costuma ser visto em saguões de aeroportos em todos os lugares possíveis e inimagináveis, zanzando por uma das ruas do bairro da Glória, caminhando na Praia do Flamengo, torrando-se ao sol no Posto Nove de Ipanema, nas sessões de cinema no Estação Botafogo, verificando as novidades nas livrarias e se esbaldando atrás dos blocos de rua tradicionais durante o Carnaval. Indivíduo perigoso. Esconde-se numa toca secreta enquanto cria suas histórias mirabolantes. Quem o capturar será devidamente recompensado.

Em busca da eternidade

Rogério Andrade Barbosa

"Não ansiar por distantes venturas, favores e bênçãos, mas viver de modo a que queiramos voltar a viver, e assim por toda a eternidade."

(Nietzsche)

I

A primeira coisa que me chamou a atenção na nova colega de classe, mais do que a rara beleza, foi a extrema palidez.

Cristina, era esse o seu nome.

O diretor, na véspera, já tinha nos avisado para recebê-la com todo cuidado, pois a garota estava se recuperando de uma grave doença. Pediu, também, que não ficássemos perguntando sobre o estado de saúde dela. Enfim, que procurássemos tratá-la normalmente, como a qualquer aluna.

Cristina, por seu aspecto frágil, lembrava uma porcelana. Parecia que qualquer esbarrão poderia quebrá-la em mil pedaços. Sua pele era tão alva que dava para ver nitidamente um filete de veia fina escorrendo por sob seus braços.

A novata era de poucas palavras. Por mais que todos os alunos se esforçassem, ela não fazia amizades. As meninas, no começo, bem que tentaram. Depois desistiram.

— Deixa a coitadinha pra lá — diziam.

— Eu é que não quero conversa com aquela desbotada — comentava a mais implicante da turma.

No recreio, enquanto Cristina permanecia sentada em um canto, absorta com um livro de poesia, os comentários eram os mais absurdos.

— Deve ser cancerosa — opinava um, de forma preconceituosa.

— Vai ver que tem aids — especulava outro sabichão.

— Acho que é tuberculosa — chutava outro palpiteiro.

Cristina faltava frequentemente às aulas. Reaparecia, dois ou três dias depois, sempre com o mesmo ar doentio. Nessas ocasiões, as manchas azuladas abaixo de seus olhos tornavam-se mais fundas e escuras.

O diretor, durante uma das ausências da menina, interrompeu a aula do professor de Geografia e deu uma bronca geral, após dizer que estava a par dos comentários maldosos que corriam na escola sobre Cristina.

Revelou que a garota sofrera de leucemia durante a infância e que estava, conforme ele comunicara anteriormente, em franca recuperação após um transplante de medula. Portanto, assegurou, não sofria de qualquer moléstia contagiosa. Aproveitou para nos dar uma aula sobre a doença e, ao mesmo tempo, uma dura lição de moral, apelando para nossa solidariedade.

A partir daquele dia, os alunos passaram a tratar Cristina com mais respeito, porém ela permanecia no mesmo estado de isolamento, fechada tal qual uma ostra.

Além disso, ela não participava de qualquer atividade extraclasse, como esportes, excursões e festas. Inclusive, pedira dispensa das aulas no laboratório de informática, alegando ter problemas de visão.

Às vezes, a estranha menina se comportava como um ser de outro planeta, só observando o que ocorria ao seu redor, como se tudo fosse novidade para ela.

"Deve ser porque passou muito tempo internada", eu imaginava.

Em compensação, era uma excelente aluna. E escrevia poemas como ninguém.

Esse foi o primeiro ponto que nos uniu. Aos 17 anos, eu também me considerava um rapaz tímido e tristonho, com pretensões a poeta.

O segundo elo entre nós foi que ela morava perto do sítio de meus tios, na subida da serra.

Ela, apesar de ser brasileira, falava português com um leve sotaque, pois viera há pouco tempo dos Estados Unidos para morar nos arredores de Itatiaia, a cidade onde nasci. Um lugar famoso pela natureza privilegiada, o clima ameno e um sem-número de pousadas e restaurantes frequentados por turistas de várias partes do Brasil.

Eu e ela tomávamos o mesmo ônibus escolar que conduzia os alunos que viviam na área rural. Em uma manhã ensolarada, sentei-me ao lado dela e disse:

— Sabe, eu também adoro ler e escrever poesia. Só não sei fazer versos como você.

Foi a primeira vez em que a vi sorrir. Seus olhos azuis brilharam, enquanto fingia ajeitar os longos cabelos louros.

— Obrigada, Carlos — respondeu, dando mostras de saber meu nome.

Foi assim que começamos a tecer nossa amizade. Na ida e na volta da escola, mantínhamos altos papos sobre nossos poetas favoritos enquanto o ônibus sacudia na estrada esburacada.

Graças aos livros que ela me emprestava, conheci autores de que nunca tinha ouvido falar. Fiquei fascinado, especialmente, com os contos e versos de um escritor norte-americano chamado Edgard Allan Poe.

Na escola, para evitar comentários maldosos, permanecíamos afastados um do outro. Mas, no ônibus, a cada dia íamos percebendo que tínhamos muito em comum. Descobrimos, entre outras coisas, depois de mil e uma confidências, que éramos dois jovens sonhadores e melancólicos como os poetas de antigamente.

Na ida para a escola era eu que lia meus poemas, que achava medíocres, comparados com os escritos por ela. Na volta, era a vez de Cristina. Seus versos sofridos quase sempre expressavam o desejo de encontrar uma alma gêmea que ficasse a seu lado por toda a eternidade.

Um dia, enquanto ela lia com o rosto próximo ao meu, fiz um elogio exagerado:

— Sabe, você é tão bonita que parece uma escultura de marfim — declarei, morto de vergonha.

Ela se limitou a sussurrar:

— Obrigada.

Poucos dias depois, quando regressávamos da escola, ela tombou a cabeça para trás, como se estivesse prestes a desmaiar. Assim que Cristina se recuperou, tentei acompanhá-la até sua casa, mas ela recusou delicadamente minha companhia.

— Já estou acostumada com essas tonteiras — disse, mais pálida do que nunca. — Logo vai passar.

Nos meses seguintes, ela tornou a passar mal na condução. Porém, por mais que eu insistisse, sempre preferia retornar sozinha.

Nessas horas, eu me sentia o ser mais desprezado do mundo.

No início do outono, quando as folhas começavam a cair das árvores, Cristina finalmente me convidou a conhecer o lugar onde vivia. Queria me mostrar a biblioteca da família no fim de semana.

Aceitei.

II

No sábado à tarde, depois de ajudar meus tios na lojinha onde vendíamos bolos caseiros e diversos tipos de mel, fui andando por uma trilha na mata encoberta por uma névoa fina até o casarão onde Cristina morava.

A residência, uma mansão de dois andares, protegida por um alto muro, tinha pertencido a um rico empresário. As grandes árvores que a rodeavam formavam um véu natural, mantendo-a praticamente invisível aos olhares dos forasteiros.

A casa, antes de ser reformada, permanecera abandonada durante muito tempo. Quando eu era pequeno, lembrei, evitava passar por suas imediações, pois diziam que o lugar era mal-assombrado.

Quem abriu o portão foi um empregado de uniforme abotoado até o pescoço enrugado, tão pálido quanto Cristina.

Sem dizer nenhuma palavra, fez sinal para que eu o acompanhasse.

Na entrada da casa, um senhor bem idoso, de bigodes de pontas retorcidas, brancos como a cor de seu rosto, me aguardava.

— Bem-vindo — cumprimentou, com uma voz rouca, estendendo-me a mão fria feito gelo. — Sou o pai de Cristina. Ela já vai descer. Fique à vontade. Com licença — disse, retirando-se em passos lentos e arrastados, apoiando-se em uma bengala.

No capacho onde limpei os sapatos estava escrito:

Noturno,
o rio das horas flui,
do seu manancial,
que é o amanhã eterno.

Não sei como o dono da casa adivinhou o que eu estava fazendo. Ele virou o pescoço para mim e falou:

— Versos do grande poeta espanhol Miguel de Unamuno — e nada mais disse, deixando-me sozinho no meio do atapetado aposento.

A sala, imensa, era mobiliada com móveis antigos e pesados. As cortinas de veludo estavam fechadas e o ar-condicionado, apesar de o inverno estar se aproximando, mantinha a temperatura da sala muito baixa. Ainda bem que eu usava um agasalho, senão iria passar um frio tremendo.

As paredes eram decoradas de ponta a ponta com pinturas retratando várias pessoas. Do modo como se pareciam umas com as outras, deviam ser parentes do meu anfitrião. Tinha uma garota que era a cara da Cristina. Se não fosse a data, 1950, ao pé da tela, eu jurava que era ela.

De repente, uma mulher jovem, de porte elegante, entrou por uma porta lateral. A moça tinha a mesma pele descorada dos outros membros da família, como se nunca tivesse tomado sol na vida.

— Bom dia. Sou a mãe de Cristina.

— Mãe? — estranhei, já que ela aparentava ter uns 20 anos. — Pensei que fosse irmã dela.

— Você é muito gentil. Todos dizem a mesma coisa. Gostou dos quadros? — perguntou, mudando bruscamente de assunto.

— Sim. Tem uma pintura que lembra muito a senhora...

Neste instante, Cristina desceu as escadas que levavam ao andar superior. Usava um vestido azul de alças que realçava sua beleza, exibindo os ombros pálidos e desnudos.

— Com licença — esquivou-se a mãe, saindo discretamente pela porta por onde entrara.

— Oi — disse Cristina. — Que bom que você veio — falou, pegando pela primeira vez na minha mão.

O toque dos dedos dela, tão frios quanto os do pai, causou-me arrepios.

— O que foi? — perguntou.

— Nada, nada. Por que vocês mantêm a casa fechada e com o ar ligado se não está tão quente assim?

— Meu pai diz que é pra evitar a proliferação de germes. Ele tem muito cuidado com a minha saúde.

— Ah, entendi. Quem era a mulher que estava conversando comigo?

— Minha mãe.

— Verdade? Não parece.

Senti que minha resposta a deixou incomodada. Olhei para a pintura que havia me impressionado por assemelhar-se tanto a ela e perguntei:

— E aquela moça igual a você? — disse, apontando para o quadro.

— Sou eu.

— Você? Tá brincando...

Ela fez que não ouviu, tornou a segurar minha mão e convidou-me com uma voz suave:

— Venha, você vai adorar a biblioteca.

Comecei a perceber que havia alguma coisa estranha naquela casa. Como Cristina podia ser filha de um homem tão velho e de uma mãe tão nova? Meu desconforto cresceu ao entrar no amplo salão abarrrotado de estantes.

Livros e diversos animais e aves empalhadas disputavam o tétrico espaço, ao lado de duas múmias indígenas e de um sarcófago que, pelo tamanho e pelas inscrições, devia ser de uma criança egípcia. Para aumentar meu nervosismo, uma coruja enorme, embalsamada, de olhos opacos, parecia vigiar cada um de meus passos.

— Meu pai é taxidermista. Dedica boa parte de seu tempo a dissecar e a empalhar animais, especialmente aves. E, nas horas vagas, a estudar as várias técnicas de conservação de corpos humanos — explicou a garota, ao notar meu estranhamento.

— Essas múmias não deviam estar em algum museu? — perguntei.

— Deviam, mas não estão. Você sabe como era o processo de mumificação no Antigo Egito? — desconversou a garota.

— Mais ou menos — falei, não me interessando muito pelo assunto.

— O cérebro dos mortos, como o dessa criança — prosseguiu ela, detalhando os tétricos procedimentos —, era retirado com uma pinça através do nariz. Depois tiravam os intestinos por uma incisão lateral no abdômen. Por último, o corpo era raspado, lavado e salgado, antes de ser enrolado, perfumado e colocado em um sarcófago. Um método interessante de preservação, mas, segundo o meu pai, bastante primitivo.

— Por quê? — indaguei.

— Sem o cérebro e os órgãos vitais, é lógico que seria impossível fazê-los reviver.

Antes que eu pudesse comentar qualquer coisa, Cristina retirou um livro de uma das estantes.

— Quero que você leve este aqui pra ler em sua casa — disse ela, entregando-me um grosso volume.

— CRI-O-GE-NI-A — soletrei em voz alta, sem entender o significado do título. — É sobre o quê?

— A imortalidade.

— Você acredita nessas coisas? — perguntei, atônito.

— Sim. Leia e depois me diga o que achou.

A seguir, eu e ela retornamos para a sala principal. Ali, tomamos chá e, calados, comemos os biscoitos trazidos pelo empregado que abrira o portão para mim.

— Por que você nunca fala de seus pais? — perguntou Cristina, rompendo o silêncio.

— Eu nunca os conheci — revelei. — O casal que me adotou desde pequeno, a quem trato por tios, desconhece a origem e o paradeiro deles.

— É por isso que você tem esse ar tristonho?

— Sim — confessei. — Meu sonho é encontrá-los.

Não falei mais nada. Esse era um assunto que me deixava muito mal.

— Desculpe — disse Cristina. — Eu não queria te magoar.

Mesmo chateado, prestei atenção em um detalhe. Nenhum parente da garota nos acompanhou no lanche e ninguém apareceu para se despedir de mim quando fui embora.

III

Varei a noite lendo o livro. A cada página, minha perplexidade aumentava.

Criogenia ou suspensão criogênica, aprendi, deriva da junção das palavras gregas "crio", gelo, e "genia", gene, e designa a técnica de congelar corpos humanos. Um método desenvolvido e defendido por volta de 1950 por vários cientistas.

Os procedimentos, de acordo com o livro, devem ser executados logo após o óbito, para evitar lesões cerebrais. Assim, asseguram, o corpo será totalmente preservado.

Quer dizer, um grupo de pessoas paga uma fortuna anual pelo direito de passarem pelo processo de congelamento ao morrer. Acreditam que, no futuro, a ciência estará apta a curar doenças como as que as mataram, trazendo-as de volta à vida!

Por incrível que pareça, um bando de loucos já embarcou nessa aventura. Seus corpos permanecem armazenados em tanques de aço, mergulhados numa solução de gás nitrogênio líquido, em um galpão na sede da empresa Alcor, nos Estados Unidos — preservados, à espera da eternidade.

— Será que Cristina e seus parentes eram adeptos dessa técnica macabra? — interroguei-me em voz alta, antes de dormir.

À noite, tive um pesadelo pavoroso. Acordei no meio da madrugada, quando estava sendo perseguido por uma legião de mortos-vivos, liderados por uma múmia sedenta de sangue.

IV

A cada mês aumentava minha paixão por Cristina. Pensava nela, obsessivamente, dia e noite sem parar. Consumido de amor, emagreci e passei a ostentar olheiras profundas.

Era evidente que o comportamento doentio de minha amada contribuía para o meu abatimento. Ela só agravava o meu tormento, quando insistia em repetir que a vida era um mistério.

Enlouquecia tentando decifrar o segredo que ela teimava em ocultar.

— Tudo tem seu tempo e sua hora... — esquivava-se ela, enigmática como uma esfinge.

A primeira vez em que a beijei, estremeci ao sentir seus lábios frios nos meus. Pode parecer loucura, mas isso só aumentou o meu desejo.

Uma noite, entre juras de amor eterno, tentei desabotoar sua blusa, mas ela recuou.

— Serei sua, mas só se for por toda a eternidade — declarou.

— Eu quero.

— Está disposto a tudo?

— Sim.

— Você já leu Nietzsche?

— Não. Nem sei quem é — respondi, não entendendo aonde ela queria chegar.

— Um filósofo alemão. Tem uma frase dele que eu gosto muito. Quer ouvir?

— Quero.

Ela leu:

"Não ansiar por distantes venturas, favores e bênçãos, mas viver de modo a que queiramos voltar a viver, e assim por toda a eternidade."

V

Muitas vezes não entendia o que Cristina queria dizer. Eu ficava perturbado com sua preferência por determinados poetas, como Augusto dos Anjos, que evocavam a morte, a decomposição da carne, a cova escura... Ou então, quando ela lia para mim trechos de histórias sobrenaturais, como a de um conto chamado Ligeia, de Allan Poe:

"... O homem não se submete aos anjos nem se rende inteiramente à morte, a não ser pela fraqueza de sua débil vontade."

Nessas horas, eu questionava:

— Como ficaria o mundo se ninguém morresse? — indagava, sem obter resposta.

Implicante, eu a provocava, citando o livro sobre Criogenia.

— Para que gastar uma fortuna nessas experiências enquanto há tanta gente morrendo de fome no mundo?

Não adiantava. Ela continuava exaltando as virtudes da eternidade.

Sua morbidez, entretanto, não me causava repulsa. Ao contrário, me excitava, me enlouquecia. Eu não podia ficar um dia sem vê-la e ansiava para que o final de semana chegasse logo.

Aos sábados e domingos, passávamos a maior parte do nosso tempo trancados na biblioteca, lendo poemas e trocando carícias ensandecidas.

Em meados de novembro, quando as chuvas deixavam os caminhos enlameados, ela anunciou que chegara o momento de me revelar seu segredo.

Nas últimas duas semanas, o casarão sombrio andava movimentado. Um grupo de gringos ficava o dia inteiro no escritório confabulando com o pai de Cristina. Quem andava sumida era a mãe dela.

A garota, sem se importar com as visitas, me levou até o porão de sua casa. Antes de abrir o ferrolho que dava para o camuflado recinto, entregou-me um pesado casaco.

— Vista. Lá embaixo, a temperatura é abaixo de zero.

Descemos um lance de escada de degraus de pedras que levavam a um ambiente gelado feito uma câmara frigorífica. No meio do salão havia três caixões de aço. Um deles estava lacrado.

— Quem está ali? — perguntei, batendo o queixo de frio e de terror.

— Minha mãe.

— Aquela mulher que eu conheci? Quando foi que ela morreu?

— Ela, conforme acreditamos, não morreu. Está repousando da mesma maneira que outros parentes meus nos Estados Unidos. Será ressuscitada novamente daqui a uns 50 ou 100 anos. Tudo depende dos avanços tecnológicos e da Ciência...

Então era verdade. Esse era o segredo que ela tentava ocultar. Há muito que eu andava desconfiado do comportamento dos habitantes daquela casa. A leitura do livro sobre Criogenia serviu como uma chave para eu elucidar uma ponta daquele mundo pleno de mistérios.

— Se você me quiser para sempre, terá de aceitar nossa crença nesse ramo da ciência — disse Cristina.

Ela fez uma pausa para tossir, antes de continuar.

— Eu morri de pneumonia em 1950, aos 15 anos. Permaneci conservada, graças aos métodos de congelamento, com todos meus órgãos e células intactos durante muitos anos à espera da cura e da ressurreição. Mas, para meu desgosto, comprovamos que a medicina atual ainda não avançou tanto quanto esperávamos. Faz quase um ano que estou sendo monitorada periodicamente por um grupo de especialistas...

— Os homens que estão hospedados em sua casa? — deduzi.

— Sim. Alguns deles são encarregados do nosso processo de readaptação. Para mim, tudo é novidade. Há 58 anos, não existiam DVDs, computadores, celulares... Mas as doenças e as guerras continuam — disse, com um tom de amargura.

— E seu pai? — perguntei.

— Ele e minha mãe foram ressuscitados um ano antes de mim. O prazo dela encerrou e logo chegará a vez de meu pai hibernar novamente à espera de um tratamento duradouro.

— Essa é a razão de sua mãe ser tão jovem?

— Sim, ela morreu no dia em que eu nasci. Meu pai, como você pôde comprovar, faleceu bem idoso...

— E você? Quando será sua hora? — Estremeci só de pensar em perdê-la.

— Agora.

— Agora! — exclamei, não querendo acreditar no que ela estava dizendo.

— Sim, daqui a poucos minutos os cientistas vão descer e me aplicar uma injeção que me fará adormecer por não sei mais quanto tempo. Depois dormirei para ser despertada, talvez, daqui a 100 anos.

— Não faça isso. É loucura! — implorei, segurando-lhe as mãos.

— Não quero servir de pasto aos vermes! — gritou ela, transtornada. — Você quer?

— Não.

— Então me acompanhe nesta jornada. O que são 100 ou 200 anos de espera, perante a eternidade? A medicina avança a cada ano que passa. No futuro, seremos imortais. Já pensou? — perguntou com os olhos fixos nos meus. — Estou lhe oferecendo a oportunidade de ficar ao meu lado a vida inteira, em um mundo provavelmente muito melhor e mais adiantado.

Por um instante, quedei imobilizado, sem saber o que responder. A proposta era aterrorizante. Mas eu não tinha nada a perder. Nem uma família de verdade ou outro laço afetivo qualquer que me prendesse. A não ser Cristina. A possibilidade de desfrutar da companhia de minha amada para sempre era tentadora.

— Chegou a hora — disse ela, deitando-se em um dos caixões. — Venha. Aqui cabemos nós dois. Meu pai concordou que você faça a viagem comigo.

Hesitei. Ela, ao perceber a minha indecisão, tentou me acalmar:

— Não tenha medo, meu amor. Você me contou que pensava igual a mim e que não queria envelhecer, lembra-se? Agora você pode concretizar seu sonho.

Não respondi. Por mais que me esforçasse, não conseguia articular uma palavra sequer. Apesar do frio intenso, sentia o suor escorrendo por meu rosto.

Cristina, enquanto isso, com os olhos semicerrados, continuava a sussurrar:

— Não me abandone. Descanse comigo...

A seguir, como se estivesse delirando, ela começou a declamar o trecho final do poema "O Corvo", de Alan Poe:

"... Amigos, sonhos — mortais
Todos — todos já foram.
Amanhã também te vais..."

Neste instante, ouvi o barulho dos homens descendo a escada. Vestiam jalecos brancos e traziam seringas nas mãos.

— Não! — berrei.

Nem sei como consegui abrir caminho entre eles. Quando dei por mim, corria feito um louco no meio do mato, rompendo a trilha enlameada, embaixo de uma tempestade aterradora.

Não olhei para trás e, a partir daquele dia, nunca mais retornei ao casarão.

De uma coisa eu tinha certeza: ainda não estava pronto para desafiar o grande segredo da vida.

Rosana Rios

Procura-se

Rosana Rios é também conhecida por *nicks* variados, como: *Rose Rivers*, Shelob ou *Laracna*. É suspeita de espionagem e foi acusada de possuir um senso de humor perigosíssimo. Pertence a algumas sociedades secretas misteriosas e vive viajando, supostamente para apresentar palestras e oficinas, mas na verdade recolhendo ideias para seus livros. Consta que já publicou quase 100 obras e que possui uma perigosa coleção de dragões na masmorra de sua casa, além de uma biblioteca imensa. Tem o costume subversivo de emprestar livros aos amigos e viciar jovens desavisados na estranha mania de ler. Cuidado, ela costuma transformar as pessoas que conhece em personagens de ficção!

V, de Vampiro

Rosana Rios

Tem coisa que é melhor a gente não saber.

Eu preferia não ter sabido dessa história. Deveria ter continuado secreta... Porque agora acho difícil andar nas ruas, tomar o metrô, ir ao supermercado. Se alguém me olha, sinto o frio me percorrer a espinha. Fico imaginando coisas e sinto medo. Muito medo.

Tudo começou com o bilhete da garota.

Ela estava na portaria do prédio naquela manhã em que fui pegar a correspondência. Moro lá faz pouco tempo, e o porteiro já sabe que sou escritora; quando chegam pacotes com livros, que não cabem na caixa de cartas, ele guarda para mim na portaria.

A garota morava em um dos andares mais altos, disso eu sabia. Talvez no décimo-terceiro. Estava parada lá, com uma mochila enorme nas costas, vestindo um casacão. Ela me olhou e percebi sua magreza, o cansaço, as olheiras. Percebi também a aura gelada que a cercava, mas na hora não me dei conta do que aquilo significava.

— A senhora é a escritora que mora no terceiro andar? — perguntou, aproximando-se.

Nem tive tempo de responder; a menina já foi me entregando um envelope gordo.

— Eu ia deixar na portaria, mas, já que a senhora está aqui, melhor. Tem um bilhete.

E, sem dizer mais nada, saiu para a rua. Espantada, observei-a caminhar com dificuldade, com aquela mochila tão pesada nas costas. Foi a última vez que a vi.

Abri o envelope. Era um caderno azul, com uma enorme letra V desenhada na capa; talvez fosse um diário. Na primeira página, havia um papel com meu nome e, sob o nome, a frase: Por favor, queime tudo isto depois de ler. Desdobrei o papel e li:

"Vampiros são mortos-vivos. Só saem à noite, sugam o sangue das pessoas com seus enormes caninos, podem se transformar em morcegos e têm força sobre-humana. Certo?

Errado.

Esses podem ser os vampiros de Bram Stoker e Stephen King, mas os que existem de verdade não são assim. São pessoas comuns, algumas até amáveis e simpáticas, mas que na hora agá te sugam até a morte. É desses vampiros que a gente devia ter medo.

Eu tenho. Descobri da pior forma possível... e não vou embora sem revelar esse segredo que ficou tanto tempo escondido. Preciso espalhar a verdade.

E a verdade é que minha tia-avó foi uma vampira."

Bilhete estranho... Pelo porteiro, soube que o nome da garota era Vanessa; seu pai havia morrido e ela estava se mudando. Na hora em que nos encontramos, acabava de deixar a chave na portaria para os homens que viriam pintar o apartamento vazio.

A primeira coisa que pensei foi que ela havia escrito uma história e queria minha opinião ou ajuda para publicar. A segunda coisa que pensei foi que Vanessa era uma dessas adolescentes góticas que gostam de coisas sinistras, vampiros, cemitérios.

Quando, porém, folheei o caderno, percebi que não era um diário, nem um original de literatura. Era um amontoado de notas, documentos, fotografias. Havia certidões de óbito, cartas, recortes de jornais desbotados e várias páginas com anotações.

Aquela papelada bizarra me transmitiu um arrepio de medo. Tive ímpetos de pedir ao porteiro que devolvesse tudo à menina ou a qualquer familiar seu que aparecesse no prédio. Mas algo me impediu: a lembrança dos olhos dela, fundos, desesperados...

O que havia de errado com a garota? Por que deixara aquilo comigo?

Por que dizia que sua tia-avó era uma vampira? Que segredo era esse que ela citara?

Ah, a curiosidade. Foi o que me fez ir para casa e vasculhar tudo.

Bem que eu preferia não ter feito isso...

Para entender aquela barafunda, tive de pôr tudo em ordem cronológica. Levei semanas para ordenar as notas de maneira que fizessem sentido. Consertei erros de ortografia e concordância, decifrei letras horrorosas, ordenei os documentos e recortes.

E vi que tinha em mãos uma narrativa inacreditável.

O texto a seguir é, portanto, o resumo da história que uma adolescente desconhecida, por algum motivo, me entregou. Só posso supor que ela desejaria que eu tornasse públicos fatos que até hoje foram secretos. Será verdade ou mentira o que Vanessa narra? A única pessoa que sabe a resposta é ela — e nunca mais a vi, nem sei como encontrá-la.

O apartamento já foi pintado e posto à venda; corretores de imóveis trazem pessoas para vê-lo. Pedi a chave ao porteiro e fui conferir o local de que tratava a história. À primeira vista, era um apartamento comum; mas, ao percorrer os cômodos pintados de branco, com o eco dos meus passos reverberando nas paredes vazias, senti um frio estranho, sobrenatural, emanando das paredes, apesar de ser uma tarde de calor escaldante.

O lugar mais assustador era a sala; no meio do piso de lajotas havia manchas escuras, como se alguém tivesse feito uma fogueira ali. Ainda cheirava a queimado. E em uma das paredes havia uma marca retangular que a pintura recente não havia conseguido cobrir por completo. Percebi que lá estivera pendurado um retrato e que, apesar de ele ter sido retirado (talvez destruído ou queimado?), a pessoa retratada ainda me fitava da parede.

Com olhos cinzentos, frios e malignos.

Saí de lá com o coração batendo feito um relógio desregulado. Devolvi a chave ao porteiro sem dizer nada, mas ele leu o medo nos meus olhos. E disse:

— Sei não, acho que a imobiliária não vai conseguir vender esse apartamento. Todo mundo que vai lá sai com a cara branca de quem viu fantasma.

Depois de estar no local, quase acredito nisso ou no que Vanessa escreveu.

Leiam vocês e tirem suas próprias conclusões. Claro que tudo pode ser apenas ficção engendrada pela mente de uma jovem criativa, que leu histórias de vampiros demais. Pode, ainda, ser a interpretação perturbada de fatos perfeitamente explicáveis.

Ou... pode ser o reflexo da mais pura — e assustadora — realidade.

A história começou no dia em que Válter, o pai de Vanessa, recebeu a carta de um advogado com a notícia de que sua tia Vilma havia falecido e ele era seu único herdeiro.

Válter comunicou o fato à filha. Os dois moravam sozinhos desde que a mãe dela morrera, havia mais de dez anos. Ele era professor universitário e lutava com muitas dificuldades. A garota costumava ajudá-lo com a preparação das aulas e correção das provas e, agora que fizera 16 anos, trabalhava meio período na livraria da faculdade.

A primeira reação de Válter foi de surpresa. Jamais gostara de tia Vilma, e podia jurar que ela também não ia muito com a cara do único sobrinho; era surpreendente herdar seus bens. Depois, lembrou que a tia possuía um apartamento e, se o herdasse, poderia escapar de pagar aluguel, uma das despesas mais pesadas em seu orçamento. Tentara comprar casa própria quando se casara, mas a doença prolongada da falecida esposa havia devorado todas as suas reservas financeiras.

Já a reação de Vanessa foi estranha. Se o pai desgostava de tia Vilminha, a garota tinha pavor dela. Apesar de ser uma senhora simpática, com fofos cabelos brancos de algodão, para a sobrinha-neta era uma mulher assustadora, que lhe cravava os olhos cinzentos, gélidos, hipnóticos. Em certa página do caderno azul, ela explica que, quando pequena, fugia espavorida sempre que a tia-avó aparecia de visita. Depois de crescida, não podia fazer isso, mas evitava fazer contato com seus olhos.

No dia em que a carta do advogado chegou, ela escreveu:

"Tentei dizer pro papai que não precisamos da herança da tia Vilminha. Não quero nada dela, queria até esquecer que ela existiu. Mas ele disse que não podemos nos dar ao luxo de recusar uma herança. É um apartamento. Não vamos mais ter que pagar aluguel... Não sei. Mesmo assim, queria distância de qualquer coisa ligada àquela mulher."

Após o encerramento do inventário, Válter herdou todos os bens da falecida. Um apartamento mobiliado e uma caderneta de poupança minguada. Era pouco, mas, para quem lutava com as contas todo começo de mês, estava ótimo. Mudaram-se na semana seguinte, apesar das queixas de Vanessa, que registrou:

"O apartamento fica em um bairro tranquilo e é de bom tamanho. Mas eu não me conformo por ter que morar aqui. Sinto um frio horrível o tempo todo, e não é frio da temperatura. É o frio dos olhos dela. Tem um retrato da tia-avó na sala, e eu já pedi pelo amor de Deus pro pai tirar aquilo de lá, mas a droga do quadro não sai. Chamamos o zelador e ele disse que está chumbado na parede, grudado com cimento, sei lá. Só sai se um pedreiro quebrar o reboco e arrancar tudo. Papai prometeu resolver isso mês que vem."

Pouco depois da mudança, Vanessa começou a ter pesadelos todas as noites. O pior é que ela não conseguia se lembrar dos sonhos depois; tinha a sensação de que eles duravam horas, mas só conseguia recordar a sensação dos olhos cinzentos da tia-avó fixados nela e do sorriso maligno junto a seu rosto. Acordava exausta, vestia-se e ia para o colégio sem nem tomar café, querendo sair de casa.

Fazia alguns meses que estava namorando um rapaz chamado Ricardo. Estudavam juntos e davam-se muito bem, porém ele ria quando ela mencionava a presença da tia-avó.

— Deixa de ser boba, Van. A mulher morreu, você ficou impressionada, só isso.

Não adiantava ela contar a Ricardo que os olhos cinzentos de tia Vilminha a perseguiam, acordada ou dormindo. A cada dia suas forças pareciam diminuir, como se a outra, ou seu fantasma, estivesse roubando sua energia vital. Ricardo apenas ria e a beijava.

No mês seguinte, Válter tinha se esquecido totalmente de que prometera conseguir um pedreiro para arrancar fora o quadro. Mas a filha não o pressionou, pois era época de avaliações na faculdade e ele estava alucinado de tanto trabalho. Deixou passar, esperando que nas férias o pai estivesse mais tranquilo para cuidar daquilo.

Outra coisa que a incomodava era a mobília. Móveis de jacarandá escuro, cheios de figuras fantasmagóricas entalhadas que, volta e meia, também assombravam seus sonhos; ela quis jogar tudo aquilo fora, mas Válter dissera que não poderiam trocar a mobília ainda.

— Tenha paciência, assim que nosso orçamento estiver equilibrado, vamos doar tudo isso para alguma ONG e comprar móveis novos. Só mais uns meses...

Três meses após a mudança, ela encontrou a gaveta secreta.

Fora ao quarto do pai, o ex-quarto da tia-avó, em busca da pasta com as contas a pagar, e lutara com as gavetas emperradas na cômoda.

Quando afinal conseguiu abrir a segunda gaveta, que continha documentos, percebeu que era fina demais. Precisou de toda a sua força para tirá-la dos suportes, e então entendeu o porquê do emperramento. Havia outra gaveta embutida ali, entre a segunda e a terceira, totalmente oculta no fundo da cômoda. Apenas retirando-se as duas ela seria vista.

Vanessa tirou a terceira também e, com cuidado, puxou a gaveta secreta. Saiu com facilidade; não era pesada nem escura como as outras, parecia ter sido feita bem mais recentemente. Apesar de que, se seus cálculos estivessem corretos, aquela mobília tinha pelo menos trezentos anos; então recentemente não seria a palavra certa...

Chamou o pai para olharem o conteúdo juntos. Sabia que era irracional ter receio de meros objetos, mas o medo estava lá, palpável, e ela não quis enfrentá-lo sozinha.

Encontraram vários pertences que deviam ter mais de cem anos. Um medalhão de ouro com a letra V engastada em pedras que pareciam ametistas, um relógio de bolso de prata, com a data 1812 gravada, um molho de chaves antiquíssimas, alguns anéis muito pesados, fotografias amareladas, recortes de jornais. Encontraram, ainda, envelopes de cartas com carimbos do correio datados de mais de cinquenta anos atrás; mas, quando os abriu, Vanessa se surpreendeu ao ver que estavam vazios.

— Por que guardar os envelopes sem as cartas? — indagou o pai.

A garota não respondeu. Acabava de se lembrar de uma cena dos pesadelos que tivera com a tia-avó, e que somente naquele momento recordou.

Reviu a cena na memória. No sonho, alguém colocara um fogareiro no centro da sala do apartamento e nele queimara papéis retirados de envelopes diversos.

Remexendo mais no fundo da gaveta, ela encontrou peças de metal escurecido.

— Esquisito, isso — resmungou Válter. — São pedaços de alguma coisa...

Com o sonho ainda presente na mente, Vanessa encaixou as peças e mostrou ao pai.

Era um fogareiro a álcool, velho e enegrecido.

Levaram semanas para conferir os objetos da gaveta oculta, que a garota transferiu para uma caixa de papelão. Válter tinha se encantado com o relógio, achava parecido com um que vira nas fotografias de seu bisavô. Apesar da idade, funcionava perfeitamente; ele lhe deu corda e passou a usá-lo no bolso da calça. Vanessa estremecia a cada vez que o pai abria o patacão nas horas cheias, soltando uma breve, até fúnebre, melodia de caixinha de música. Parecia-lhe ouvir uma risada irônica junto com a melodia.

Ela estava certa de que foi depois que começou a usar o relógio que ele adoeceu. No começo, os sintomas eram mascarados pelo cansaço, pois Válter sempre se mostrava exausto nos finais de semestre.

Porém, mesmo após o encerramento das aulas e o início das férias, o aspecto do pai não melhorava: continuava pálido e debilitado, olheiras fundas marcavam seu rosto, e a falta de ânimo já estava beirando a apatia.

A filha tentou convencê-lo a viajarem por uns dias, chegou a trazer folhetos de algumas pousadas na praia, que não eram caras. Mas ele não concordou. Ela escreveu:

"Não consigo convencer papai de que precisa ir ao médico: acho que ele está com anemia, ou alguma infecção. Anda fraco, sem vontade de fazer nada e, desde que as férias começaram, não sai de casa. Recusa-se a ir viajar comigo. Claro que ele ri das minhas suspeitas! Quando eu disse que o fantasma da tia-avó estava sugando as energias dele, me mandou parar de ler histórias de terror. Como se eu lesse histórias de terror! Já chega estar vivendo dentro de uma. Não adianta o que eu faça, nem ele nem Ricardo se convencem de que tem alguma coisa errada neste apartamento. Mas não vou desistir: vou continuar pesquisando isso e, pra começar, tenho aquelas fotografias."

Vanessa levara os objetos da gaveta, na caixa de papelão, para a área de serviço. Separara as fotografias que encontrara. A tia-avó aparecia em várias delas, ao lado das amigas — todas elas velhinhas fofas e adoráveis. Em alguns dos retratos havia nomes escritos no verso, e ela planejou tentar encontrar alguma daquelas pessoas.

Uma delas, em particular, parecia interessante: uma senhora que, pelas anotações nas fotos, chamava-se Valquíria. Era quem mais aparecia nos retratos, e seu nome constava como remetente em alguns dos envelopes. A garota anotou o endereço, reuniu as fotos em que ela aparecia e pediu ao namorado que a acompanhasse até a provável casa da mulher. Ricardo continuava achando graça naquelas suspeitas, mas concordou em fazer sua vontade.

O endereço os levou a outro bairro. E, embora desconfiassem de que o local poderia nem existir mais, dada a antiguidade das fotografias, isso não ocorreu. Havia uma casa lá, espremida entre dois prédios, o jardim maltratado escondendo paredes descascadas e um telhado suspeitamente coberto de limo — mas a construção estava de pé. Vanessa escreveu:

"A casa parecia saída de um filme de terror dos anos cinquenta. Claro que a campainha não funcionou, quando tocamos. Ricardo bateu palmas com força, mas só da terceira vez apareceu algo vivo naquele mausoléu. As plantas se agitaram e surgiu alguém no jardim. Era uma senhora sorridente, tão velha quanto a que aparecia na foto, mas bem mais magra. Quando perguntei se ela era a dona Valquíria, a mulher parou, assombrada, na frente do portão, e levou um tempão pra dizer coisa com coisa."

A velha senhora não era Valquíria.

Afirmou ser filha dela, e que sua mãe havia morrido fazia pelo menos uns trinta anos. Os jovens lhe mostraram as fotos, e ela reconheceu a mãe, Vilma e uma outra amiga de ambas, que chamou de Vânia; porém nem os convidou a entrar, parecia ansiosa para que fossem embora; mas quando a garota, desapontada por não ter descoberto nada mais, se despediu, sua atitude mudou.

Ela tomou as mãos de Vanessa e a fitou com olhos cinzentos e gelados.

— Eu sei, eu sei, você não quer ser como ela — falou, com a voz embargada. — Eu também não queria, mas não tive escolha. Tentei de tudo. Quando ela morreu, queimei tudo o que era dela, troquei a mobília, pintei a casa de branco. Isso ajuda, mas é difícil cortar os laços, se livrar delas de vez. São como parasitas, sabe? Ficam grudadas na gente, sugando a nossa vida. Nada adianta. Nem padres, nem mães de santo... Eu devia ter ido embora daqui, mas não pude. Fiquei, e agora olha só pra mim. Faço o mesmo que ela...

Ricardo olhava espantado, pois, enquanto a mulher falava, suas mãos apertando as de Vanessa, a garota como que definhava diante de seus olhos. Foi ficando pálida, pareceu encolher e estava quase desmaiando quando ele tomou uma atitude.

Puxou a namorada, arrancando-a das mãos da velha. Esta, ao sentir a quebra de contato, recuou para dentro do jardim e sumiu, murmurando algo incompreensível. O rapaz amparou a namorada até encostá-la na grade do prédio vizinho, onde a reanimou.

"Foi como se eu estivesse vendo minha vida ir se esvaindo pelas mãos, passando para aquela mulher. A mesma sensação de frio e fraqueza que tenho quando olho o retrato da tia-avó Vilminha, mas pior. Naquela hora, o Ricardo finalmente acreditou em mim. Ele me levou para uma lanchonete e me deu café. Demorei mais de uma hora pra voltar a falar e andar normalmente. E então me lembrei do que a filha de Valquíria falou depois que me soltou. Ricardo não entendeu, mas eu ainda ouço o eco das palavras dela. Disse: 'Desculpe, eu não queria fazer isso. Aprendi com elas, faz mais de cem anos.'

Mais de cem anos..."

O que parece que mais intrigou os dois jovens, quando o pior da experiência havia passado, foi o fator tempo. Aquela senhora aparentava uns 90 anos; como poderia ser filha de uma amiga de Vilminha? Esta morrera, segundo a certidão de óbito, de parada cardíaca aos setenta e poucos anos... De volta ao apartamento, Vanessa foi mexer nos papéis da gaveta secreta. Lembrava-se de ter visto alguns documentos amarrados com uma fita; não lhes dera atenção antes.

Desta vez, porém, olhou atentamente cada papel que havia lá.

Um deles era uma certidão de nascimento quase totalmente apagada. Ela teve de colocá-la sob uma luminária bem clara para poder discernir os caracteres ali escritos.

Quando os decifrou, sentiu um baque no peito.

De todas as coisas estranhas, aquela era a pior! Segundo a certidão, não era possível que a tia-avó fosse a irmã mais velha da mãe de seu pai. Nem que tivesse por volta de 70 anos ao falecer; pois ali dizia que ela havia nascido no século XIX! Comparou o documento com a carteira de identidade da falecida e o atestado de óbito: tudo conferia, nome, filiação, data do nascimento — menos o ano da certidão: 1870. A tia-avó falsificara seus documentos, escondendo o fato de que tinha mais de 130 anos!

Como aquilo era possível?

Tentou relatar suas descobertas ao pai, mas naquela noite ele estava tão cansado que mal a ouviu. Disse apenas que não sabia detalhes sobre a família. Sua mãe, que morrera cedo, não se dava bem com Vilma, até evitava falar nela. E mandou a filha sair, ir ao cinema com o namorado. Tudo o que ele queria fazer era dormir.

"Tenho certeza de que papai está muito doente. Ele sempre morreu de ciúmes dos meus namorados, e agora fica insistindo para eu sair com o Ricardo. Preciso arrumar um jeito de levar ele até o hospital. Está cada vez mais magro e pálido... É ela que está fazendo isso. Tenho certeza! Mesmo depois de morta, tia Vilminha suga as energias de papai como aquela mulher estranha sugou as minhas no portão da casa."

No dia seguinte, Ricardo veio encontrá-la de novo, e ela lhe contou o que havia descoberto. Mostrou o conteúdo da gaveta, agora na caixa de papelão, e desta vez viu o namorado empalidecer; não com os documentos, mas diante do medalhão com o "V".

— Eu já vi isso antes — disse ele, quando ela perguntou o que o perturbava. — Posso jurar que é o mesmo... não, não pode ser. Será?!

De tanto que Vanessa insistiu em saber do que se tratava, Ricardo propôs irem até a biblioteca pública. Não explicou nada antes, mas, assim que chegaram lá, ele pegou uma enciclopédia e lhe mostrou.

"Ele tinha razão. No ano passado fizemos uma pesquisa sobre literatura do século XIX, e um dos autores que pesquisamos foi Bram Stoker, que escreveu "Drácula". Nos livros havia imagens do tal Vlad Tepes, o Empalador, o sujeito que foi usado como inspiração para a criação do mais famoso de todos os vampiros. E numa das reproduções do retrato dele, o homem está usando um medalhão quase igual ao da tia Vilminha!

Eu não me lembrava dessa imagem, mas o Ricardo tem memória fotográfica, lembra de tudo. Olhamos de novo as fotos dela com as amigas. Parece mentira! Apesar de as fotos em branco e preto não serem nítidas, dá pra ver que todas têm uma corrente no pescoço. Mas só nos retratos da tia-avó e da tal Valquíria é que o "V" do medalhão aparece direito. Será que é isso? Se todas elas usavam um medalhão com um "V", igual ao do patrono dos vampiros... ou eram fãs malucas dele, ou elas mesmas eram vampiras!"

Segundo as anotações de Vanessa, ela e Ricardo passaram o restante das férias lendo tudo o que encontraram a respeito de vampiros. Claro que o material com que se deparavam era ficção: novelas góticas, contos de terror. E tantas informações poderiam ser apenas fruto da imaginação dos escritores! Porém havia relatos folclóricos, narrativas recolhidas entre o povo por pesquisadores, e aí acharam possível haver algo útil.

Vox populi, vox Dei... A voz do povo é a voz de Deus.

O povo sempre acreditou na existência de vampiros.

Mas quem iria acreditar num segredo desses?

Na ficção, os vampiros sugam o sangue das pessoas — o líquido vital, que leva o oxigênio a todas as células do corpo. Mas o que essas velhinhas vampiras estavam absorvendo não era sangue: era algum tipo de energia invisível, também necessária à vida.

A garota e o namorado encontraram referências sobre isso. Os chineses chamavam essa força de Chi, os hindus de Prana, outros lhe deram o nome de sopro da vida ou fluido vital... A falta dessa energia poderia fazer uma pessoa enfraquecer, definhar. E, ao ser privada disso, a vítima talvez fosse buscar forças em outra pessoa — e se tornaria igual àquele que a atacara!

Os dois conversaram muito e concluíram que todas aquelas adoráveis velhinhas das fotos eram vampiras que absorviam o fluido vital das outras pessoas. À medida que suas vítimas enfraqueciam ou morriam, elas se mantinham vivas, prolongando a vida ao máximo. Mesmo quando a morte vinha, em geral após viverem mais de 100 anos, elas não desapareciam. Seus espectros continuavam por perto dos lugares que habitaram, continuando a sugar a energia dos vivos — porém, agora, invisíveis.

Enquanto eu lia aquelas conclusões anotadas no caderno de capa azul, pensava que aquilo não passava de uma história feita para assustar. Contudo, ao fechar o caderno e relembrar o que sentira no apartamento vazio, os olhos malignos me espreitando por trás da parede pintada de branco... não podia duvidar.

A questão era: como se livrar da presença indesejável de uma vampira?

— Nos filmes, as pessoas chamam um caçador de vampiros, um padre para fazer um exorcismo ou médiuns para uma sessão — sugeriu Ricardo, sem muita convicção.

Uma negativa foi a resposta da garota.

— A filha da dona Valquíria disse que isso não adiantava, que ela tinha até queimado os móveis e pintado a casa de branco pra cortar os laços. Mas mesmo assim a mãe acabou fazendo com que ela também absorvesse as energias dos outros. Você viu como ela sugou as minhas.

Água benta? Alho? Crucifixos? Tentaram levar tudo isso para a sala, porém o olhar gélido da tia-avó Vilminha permanecia o mesmo por trás do retrato, e o cômodo continuava apavorante. Estacas no peito? Aquilo podia funcionar para os vampiros das histórias, mas não tinham certeza se funcionaria com velhinhas simpáticas. E, além disso, como conseguiriam invadir cemitérios e abrir caixões, para fincar uma estaca no coração dos cadáveres? Acabariam sendo presos, no mínimo.

Mesmo assim, chegaram a visitar um cemitério. Conforme o relato de Vanessa:

"Uma coisa que chamou minha atenção, quando voltamos a remexer nas coisas de tia Vilminha, foram os recortes de jornais. Vários eram necrológios, noticiavam mortes de pessoas. Um deles mostrava a fotografia de um cemitério cheio de túmulos com esculturas rebuscadas. Ricardo arrumou uma lente para a gente examinar melhor essa foto: não consegui ler o nome de quem estava enterrado lá, mas vimos com nitidez um "V" esculpido na lápide. Igualzinho ao do medalhão: V, de Vampiro... Resolvemos investigar."

O tal cemitério ficava em outro bairro distante. Vanessa e Ricardo foram até lá e passaram a tarde inteira tentando encontrar o jazigo da fotografia. Como era um recorte de jornal antigo, até os funcionários tiveram dificuldade em identificar o local.

Afinal, encontraram. Era um desses túmulos de família tradicional, com muitas placas contendo nomes de pessoas falecidas, ao lado de retratos esmaecidos. Algumas datas estavam ilegíveis, de tão desgastadas; e a única recente — pelo menos a única que datava do século XX — era justamente da outra amiga da tia-avó Vilminha: Vânia. Nascida em 1870, falecida em 1980.

A mulher tinha vivido 110 anos!

"É claro que nem todo mundo que vive mais de 100 anos é um vampiro. Tá cheio de gente que vive muito. Mas essa tal Vânia era a mesma amiga da tia-avó, o retrato no túmulo era igualzinho à imagem dela nas fotografias. Elas nasceram no mesmo ano... Quando eu e Ricardo chegamos perto do túmulo, desta vez nós dois sentimos frio. O mesmo frio do quadro na sala de casa e que acompanhava a filha de Valquíria.

Saímos de lá com a certeza de que tínhamos estado perto de mais uma vampira. E desta vez não fui só eu, ele sentiu também. Mas não podíamos fazer nada... a mulher morrera fazia quase trinta anos, não teríamos coragem de violar o túmulo pra enfiar uma estaca ou cortar a cabeça de um cadáver decomposto!

No ônibus de volta, Ricardo me abraçou e disse:

— Ela está lá. Vilminha ficou no apartamento e Valquíria acompanha a filha, mas os laços que prendem Vânia estão no jazigo, no cemitério. Que coisa mais mórbida...

Parece até filme de terror, mas é a verdade. Todas foram vampiras, absorviam as energias dos outros, e mantiveram esse segredo por muito tempo. Depois da morte, seus fantasmas ficaram perturbando as famílias ou quem mais aparecesse. Até quando?

Isso eu não sei. Talvez fiquem até encontrar um substituto.

É isso que a tia-avó Vilminha está fazendo? Tentando transformar a mim e ao meu pai em vampiros também?"

Válter teria rido daquilo tudo, se a filha lhe tivesse contado. Porém, não houve tempo para ela revelar mais essas descobertas. Quando o casal de namorados voltou para o apartamento após visitar o cemitério, era noite, ele já estava dormindo. E no dia seguinte não veio tomar o café da manhã.

Pela manhã, a garota ouviu um barulho estranho no quarto do pai, e o encontrou desacordado, caído entre a cama e a porta.

Desesperada, chamou o zelador do prédio e o síndico. Eles a ajudaram a levantá-lo e ligaram para a emergência. Levaram-no ao hospital mais próximo.

Num estado lastimável, foi diagnosticado com anemia profunda e desidratação grave. Vanessa ficou com ele o dia inteiro no hospital e só foi embora quando Ricardo insistiu em levá-la para tomar um banho, jantar e descansar.

Ela não quis dormir sozinha no apartamento. A mãe de Ricardo a acolheu em sua casa, ao saber do acontecido com o pai da namorada do filho — embora não soubesse da parte oculta da história. Ali, longe do retrato, da sala gelada e dos móveis assustadores da tia-avó, a menina se sentiu fortalecer um pouco. Dormiu sem pesadelos pela primeira vez em muitos meses...

O problema, porém, permanecia. O que fazer? Como expulsar o espectro vampírico da tia-avó?

Válter morreu três dias depois de ser internado. No caderno azul, encontrei a guia de internação e a certidão de óbito. Os médicos acusaram a desidratação, mas Vanessa sabia que a culpa era de tia Vilminha.

No último dia, pouco antes de entrar no coma de que não mais sairia, ele acordou e viu Vanessa e Ricardo a seu lado. No caderno de capa azul, ela registrou:

"Dei um pulo quando vi que ele estava acordado e tentei dizer coisas animadoras e alegres. Mas ele sabia o que estava acontecendo. Nunca vou esquecer como me olhou e o que me disse. Ficou gravado na minha mente, para sempre. Ele falou:

— Você tinha razão, Van. Não devíamos ter aceitado a herança. Agora eu sei... vi tia Vilminha nos meus sonhos, e só depois disso entendi o segredo da minha família. Ela nunca foi minha tia, era tia-avó da minha avó... e nesses anos todos deve ter causado a morte de muita gente, na família e fora dela! Agora é tarde para mim, mas não é para você, filha. Vá embora. Tem aqueles primos da sua mãe no interior, eles são gente boa e vão cuidar de você. Corte os laços. Não deixe que te transformem numa delas!

Eu queria dizer que ele ia ficar bom, que nós dois iríamos embora juntos, mas não pude. Eu sabia que era a última vez que ele teria forças pra falar... peguei nas mãos de papai, apesar de ele tentar escapar, e percebi minhas energias sendo sugadas de novo! Ele não podia evitar. Tinha se transformado num vampiro também.

Ricardo me arrancou de lá à força. E foi só isso. Papai entrou em coma e se foi depois de algumas horas. Eu não sabia o que fazer, ainda bem que os amigos dele da faculdade vieram e cuidaram de tudo. Desde então, estou na casa do Ricardo."

Por alguns documentos enfiados no meio do caderno, eu soube o que aconteceu depois. Após o enterro, que foi custeado pela universidade, parece que um primo da mãe de Vanessa assumiu a custódia da garota e conseguiu sua transferência para um colégio da cidade em que morava; mas não há nada na papelada que me indique que cidade é essa. Encontrei, ainda, um protocolo do INSS atestando que ela iria passar a receber uma pensão até ser maior de idade, e só.

Na última página, há um texto que resolvi reproduzir por inteiro. É a última mensagem de Vanessa, escrita pouco antes de ela me entregar o caderno azul...

"Agora estou sozinha.

Mas não tenho mais medo.

Voltei ao apartamento uma semana após a morte de papai, para encaixotar minhas coisas

Tinha combinado levar as caixas pra casa dos pais do Ricardo, até o começo do mês, quando vou me mudar de vez para o interior. Lá eu vou me livrar desse gelo, me recuperar, voltar a me alimentar direito, engordar.

Talvez volte até a sorrir...

Meu namorado acha que não devo revelar esse segredo a ninguém. Mas eu não concordo. As pessoas têm o direito de saber que vampiros não são só personagens do folclore ou de livros de terror. Eles podem não se transformar em morcegos, nem sair mordendo o pescoço da gente com caninos assustadores... Apesar disso, são de verdade.

Tia Vilminha e suas amigas Valquíria e Vânia eram velhinhas simpáticas, de ar inofensivo, e sugaram a vida de muita gente para prolongar as suas. Como elas, deve haver mais vampiros por aí, vivos e mortos, e precisamos saber nos proteger deles!

Não com alho, muito menos com água benta ou crucifixos. Mas com a força de vontade da gente.

Eu fiz o que a filha de Valquíria disse: quando me vi sozinha com o Ricardo naquela sala, acendi o fogareiro a álcool e queimamos tudo o que foi possível queimar sem botar fogo no apartamento. Com uma machadinha emprestada do zelador, arrebentamos o retrato, que também foi queimado, pedaço a pedaço. Conseguimos um carreto que levou a mobília pro lixão: acompanhamos os funcionários e esperamos até ver que tudo fora queimado. Num forno específico, eles fundiram os objetos de metal, inclusive o medalhão. Só restaram as cinzas... e um punhado de metal derretido com ametistas negras no meio. O relógio de prata eu mesma destruí com um martelo. Não sobrou nada.

Enterramos tudo nos fundos do lixão.

Senti a fúria dela, quando voltei ao apartamento vazio. Ela queria se vingar, queria absorver mais das minhas energias, como consumiu as do meu pai.

Mas não vai conseguir. Porque, agora que eu sei o que está acontecendo, não sou mais uma vítima passiva, como foi a filha de Valquíria, como foi papai, como devem ter sido tantas pessoas desavisadas. Não, ela não pode mais me atingir, e sabe disso.

Sinto que está meio enlouquecida, porque as energias impregnadas nas suas coisas, que ajudavam a manter seu espectro no apartamento, estão se desfazendo. Contratei um pessoal para cobrir o buraco que ficou quando arrebentamos o quadro e pintar tudo de branco. Assim que a papelada estiver em ordem, o imóvel vai ser vendido.

Eu sei que ela pode ainda vagar lá por um tempo, sozinha com a sua fúria, tentando fazer mais vítimas. E é por isso que essa história não pode mais continuar secreta, tem que ser revelada: saber a verdade é o primeiro passo para a pessoa não se tornar uma presa!

Tem uma escritora que veio morar aqui no prédio, faz pouco tempo. Ela pode divulgar esta história num livro, se acreditar em mim. Espero que acredite... Pois os únicos pertences de tia Vilminha que não foram destruídos são as cartas, fotografias e documentos que estão neste caderno. E tudo isso também deve ser queimado, para que os últimos laços sejam cortados.

E então vamos estar livres! Pelo menos de uma dessas vampiras."

Faz meses que Vanessa foi embora. Quando acabei de registrar os acontecimentos, misturando os trechos que ela escreveu com as informações dadas pelos documentos, pedi de novo a chave ao porteiro e fui ao apartamento, levando o caderno.

A sala continuava gelada; mas não tão assustadora. Andei, e o eco dos meus passos reverberou nos cômodos vazios. Encarei a parede branca e senti a presença emanando dali.

Um olho. Dois olhos.

Cinzentos, malignos, como se o retrato da tia-avó tentasse ressurgir. Como se um espectro desesperado, acostumado a roubar a força vital dos outros, tentasse retornar à vida roubando a minha.

Naquela hora eu recuei. Senti medo; pensei em me mudar do prédio. Do bairro. Talvez da cidade.

E então... eu me lembrei.

A garota havia escrito: precisamos saber nos proteger deles! Não com alho, muito menos com água benta ou crucifixos. Mas com a força de vontade da gente.

Não. Eu não ia ajudá-la a ter energias de novo, alimentá-la com o meu medo! Se uma adolescente de 16 anos teve coragem para enfrentar uma vampira de 130, recusando-se a ser sua vítima ou a replicar um tipo quase indetectável de vampirismo, eu não seria mais fraca do que ela!

Fui para o centro da sala e fiz o que havia planejado. Fui rasgando as páginas, as fotografias, os documentos e recortes. Acendi os primeiros fragmentos com um fósforo. Apesar de tudo aquilo ser apenas papel ressecado, o fogo custou a pegar; o ar gelado da sala parecia impedir as chamas! Mas continuei riscando fósforos, e acho que foi mais pela força da minha vontade que por eles que a pilha se acendeu e queimou.

Só restaram algumas cinzas de tudo que havia no caderno de capa azul. Abri as janelas e o vento entrou, fazendo aquilo tudo redemoinhar e sumir aos poucos...

Quando fechei as janelas e saí, não sentia mais a atmosfera fantasmagórica.

Vanessa estava certa. Os laços tinham sido cortados...

Bem, acabei de contar a história que ela me deixou. E vou publicá-la.

O segredo deixou de sê-lo, pois já mostrei este conto a várias pessoas. Algumas elogiaram meu estilo narrativo, outras me perguntaram de onde tinha tirado um enredo tão original, outras ainda comentaram que jovens leitores adoram literatura de terror.

Mas eu sei que todos os que o leram se sentiram perturbados.

* * *

Claro que tem coisa que é melhor a gente não saber.

Hoje em dia, quando saio e me misturo às pessoas, às vezes sinto aquele frio me percorrer a espinha. Quando desconhecidos me olham, percebo o medo em mim mesma. Ele vem da expectativa de encontrar outros vampiros — pessoas com sorrisos amáveis e olhos gelados, que podem roubar minha vida sem remorsos. Sem caninos. Sem sangue. Só com sua fome de décadas, talvez séculos.

Eu sei, tudo isso pode ser apenas ficção engendrada pela mente de uma jovem criativa, que leu histórias de vampiros demais. Pode ser a interpretação perturbada de fatos perfeitamente explicáveis. Pode até ser o delírio de uma escritora na meia-idade...

Ou...

O último resort

Autor secreto

Arthur respirou fundo e tentou criar coragem para abrir os olhos. Não conseguiu. E pensar que dois dias antes, quando a família fez o check-in no Blue Summer, seu pai tinha garantido: "É, pessoal, estas férias prometem muita emoção!" Arthur só não imaginou que seria daquele jeito.

O resort era ainda mais impressionante do que parecia na internet: só restaurantes eram cinco, enormes, cada um com seu estilo de comida e sua decoração: tropical, americano, mediterrâneo, oriental e um outro meio indefinível. A piscina ocupava o espaço de um campo de futebol, com dezenas de ilhas, pontes, jatos d'água, curvas, deque molhado. Com certeza ia passar boa parte da semana curtindo cada canto daquele paraíso azul. E, quando não estivesse na piscina, tinha a opção das quadras de tênis, futsal e vôlei, academia, salão de jogos, lojinhas variadas, passeio de bugre ou de lancha. A programação do Kid's Club (até 13 anos) era totalmente diferente da programação do Teen's Club (de 14 a 17), o que significava que ele não ia precisar ficar preso ao Hugo, irmão mais novo. E à noite, é claro, a boate. Era a primeira vez na vida que poderia ir todas as noites pra boate sem os pais chiarem nem se descabelarem: afinal, estariam todos no mesmo prédio — ele, no subsolo, e os pais, no quarto 1205.

Tudo no hotel era bonito, brilhante, cheirando a novo e limpo.

E foi justamente por isso, por causa do cheiro, que Arthur resolveu entrar naquela sala.

No primeiro dia, já tinha sentido o fedor de mofo quando atravessava o corredor do seu andar, mas estava atrasado pro Bingo Maluco e não deu tempo de parar. Olhou de relance a plaqueta sobre a porta e estranhou que ninguém mais se incomodasse com o cheiro. Além do mais, ao contrário de todas as outras placas indicativas do hotel, esta estava malcuidada, com um pedaço quebrado: Sala de ...tura. Faltavam três letras.

Enquanto rolava o bingo, Arthur não conseguia parar de pensar na tal placa. Sala de ...tura? Que diabos era aquilo? Seria uma Sala de Pintura? Pouco provável. Aquele cheiro estranho que saía lá de dentro não parecia nada com cheiro de tinta. Sala de Tortura? O garoto deu uma gargalhada só de pensar. Imagine só, um resort chiquérrimo daqueles com uma Sala de Tortura. Talvez para os pirralhos que não paravam de gritar e correr pelo hotel? Mas o que mais podia ser? Sala de Fartura, Tontura, Costura? Resolveu que no dia seguinte não deixaria de dar uma passada por lá para matar o mistério!

Na hora de dormir, o cheiro de mofo continuava grudado em suas narinas. Ficou impregnada, aquela porcaria. Pela manhã, engoliu o desjejum em dois minutos e mentiu pros pais que ia pro Teen's Club porque queria chegar cedo pra aula de malabarismo. Mas, logo que saiu do campo de visão da família, deu meia-volta e caminhou decidido em direção à sala misteriosa.

Em frente à porta, hesitou um pouco e tomou fôlego, com medo de não conseguir respirar direito lá dentro. Como estava muito escuro, foi tateando pela parede até achar um interruptor. Apertou o primeiro interruptor: nada. Apertou outro: continuou escuro. Apertou mais cinco e só no oitavo se acendeu uma lampadazinha lá no canto, com luz bem tênue. Olhou ao redor e não conseguiu distinguir quase nada na penumbra. A sala era até grande e dava pra ver dois sofás de um lado, uma mesinha de centro e, ao fundo, na parte mais escura, duas estantes que pareciam quase vazias.

"Que sala mais esquisita"... Arthur sentiu um arrepio percorrer seu corpo inteiro. Nessas horas, sua mãe sempre falava: "A morte passou por aqui." Mas ele ainda não estava com medo. Só o cheiro é que era mesmo insuportável: parecia que ninguém entrava ali havia meses. Que coisa mais engraçada: uma sala abandonada, perdida no meio daquele hotel imenso.

Tateou as estantes e, mesmo sem enxergar quase nada, percebeu que eram revistas antigas, livros usados, jornais esquecidos. "Que falta de graça!", ele já ia reclamando, quando notou, na última prateleira de cima, uma espécie de brilho diferente, uma luzinha difusa que parecia escapar do miolo de um livro grande. Na ponta dos pés, conseguiu puxar o livro e o levou até o lado mais iluminado da sala. Estava coberto de poeira e ele ficou alguns segundos resolvendo se soprava o pó ou se passava a mão para limpar a capa. Passar a mão era mais nojento, mas soprar poderia provocar uma crise de espirros, e não queria chamar a atenção de ninguém que passasse do lado de fora daquela sala. Acabou tendo uma terceira ideia: abrir o livro sem ler a capa e deixar a poeira cair no chão. Foi então que se deparou com aquele escrito macabro, uma mistura de dedicatória e ameaça:

"Caro visitante da Sala de Leitura" (É claro: Sala de Leitura! Como é que ele não pensou nisso? Tinha pensado até em tortura, tontura, fartura...). A dedicatória continuava: "Este livro está aqui à sua espera, guardando um incrível segredo, mas também um grande perigo. Eu o convido a continuar lendo, mas faço um alerta: o risco é todo seu."

Arthur se sentiu dividido naquele momento. Uma parte dele (talvez a parte que sentira o arrepio e imaginara que a morte passara por ali) queria fechar o livro, devolvê-lo à estante e sair correndo da sala escura e empoeirada. Contudo, outra parte até mesmo ansiava por continuar a ler e descobrir o tal segredo, fosse qual fosse o perigo.

Só em uma coisa aquelas duas partes concordavam: a ameaça da dedicatória não era uma brincadeira, era séria. Se tivesse lido aquelas palavras ameaçadoras lá fora, em qualquer dos ambientes do resort, riria delas.

Porém, ali dentro...

Ele sabia que a sensação de medo que se aproximava era resultado direto da penumbra e do cheiro de mofo que ficava cada vez mais forte, uma coisa pra lá de cadavérica ou, para usar uma palavra que jamais lhe passara pela cabeça — mas que passou agora —, sepulcral. De repente, era como se o medo fosse visível, tivesse a forma de muitas aranhas imensas que se aproximassem devagar, cercando-o por todos os lados, e avançassem em sua direção pausadamente — as inúmeras patas pegajosas cada vez mais perto dele, mais perto, mais...

Por um segundo, parecia que o Arthur arrepiado ia vencer. Ele estremeceu, quase fechando o livro. Mas, no instante seguinte, o Arthur corajoso e lógico se sobrepôs ao primeiro. Droga, aquele era um hotel moderno, com parque aquático, wi-fi em todos os quartos, telões de plasma e tudo o mais que significasse modernidade. Que perigo haveria, ali, em se abrir um livro idiota numa sala de leitura idiota?

Virou uma página, o coração batendo disparado, enquanto sua metade medrosa fechava os olhos e sua metade ousada arregalava-os, ansiosa pelo que viria a seguir.

Firmou a vista, agora já bem mais acostumada à semiescuridão, e engasgou.

Não podia acreditar naquilo.

A página seguinte — e todas as páginas seguintes do livro — estavam em branco!

Na hora, não percebeu, mas o momento da transição fora exatamente aquele. O do engasgo. O da incredulidade. O da parada súbita da respiração quando a gente intui que algo — algo importante — mudou.

Porque tudo havia mudado...

Ele imaginara que o autor da dedicatória, com o aviso de que o risco era todo seu, iria copiar os autores das dezenas de livros e roteiros de filmes em que os personagens entravam dentro das histórias. Recurso que Arthur considerava infantil, óbvio, banal; desprezava contos em que de repente se ia parar no País das Maravilhas, em Nárnia ou em Fantasia, por exemplo. Mas, se o garoto esperava que aquele livro tentasse remetê-lo para dentro da ficção, enganara-se.

Pois o que estava acontecendo agora era o contrário.

A ficção estava saindo do livro.

E se instalando em pleno espaço da realidade.

Arthur sentiu tanto pavor que ficou meio paralisado, incapaz de correr ou gritar, embora quisesse fazer isso. Só conseguiu ficar parado ali, pateticamente segurando o livro com páginas vazias enquanto a sala a seu redor parecia crescer, ampliar-se, e a lampadazinha no canto virava uma tocha presa à parede por braçadeira de ferro.

Voltou-se para a parede às suas costas: tornara-se uma parede de pedra, por onde passavam fios de água malcheirosa e onde estavam presas, de espaço em espaço, algemas de metal. As estantes tinham sumido, substituídas por estranhos objetos pendurados; um dos sofás agora era uma mesa cheia de frascos e instrumentos empoeirados, e o outro era uma espécie de cadeira forrada de pontas. A mesinha de centro reluzia, pois havia se transformado num braseiro, ao lado do qual havia ferros compridos e esquisitos, parecendo atiçadores de lareira, mas cuja verdadeira finalidade não era difícil de imaginar...

Imaginar, na verdade, era a palavra-chave ali. Como se tivesse sido levado a um mundo onde o que imaginasse se tornava real, Arthur teve consciência de que cada coisa que via era, a princípio, difusa, imprecisa; porém, quando ele pensava nela separadamente e conjecturava para que devia servir, a imaginação lhe transmitia imagens terríveis e potencialmente dolorosas. Cada objeto ali como que adquiria mais vida, mais realidade. Mais ameaça.

Num imenso esforço, ele lutou contra a paralisação dos membros e conseguiu, afinal, fechar o livro. O pó se projetou pelo ar, fazendo cócegas em seu nariz e impregnando-se em suas mãos. Mas, se esperava que aquele ato devolvesse às páginas tudo o que o cercava agora, danou-se, porque, apesar da penumbra, continuava enxergando toda aquela parafernália medonha.

Achando-se mais dono de si mesmo, ele largou o livro no chão e correu para a porta. Mas a transformação também chegara ali e, em vez da entrada que esperava, viu uma porta de madeira grossa entremeada de barras de ferro batido, trancada com ferrolhos pesadíssimos. Como abrir aquilo?

Ao mesmo tempo, ouviu — ou, por outra, sentiu — as respirações abafadas atrás de si. Não estava sozinho! Sem se voltar, soube que havia pelo menos mais três criaturas olhando-o às suas costas. Percebeu que o esperavam, calmas, malignas, implacáveis. E a ele só restava ter coragem de se entregar e sofrer as consequências por ter aberto a porta, aberto o livro, aberto a imaginação. Era sua culpa, e teria de pagar.

A sala de leitura tinha se transformado numa sala de tortura...

Foi quando ele perdeu os sentidos. Tudo rodopiou, escureceu, apagou-se... E ele acordou no quarto do hotel que dividia com o irmão. Em sua cama.

— Ué! — exclamou.

Que diabos havia acontecido? Alguma coisa que ele não registrara, de que não conseguia se lembrar. Olhou em seu relógio — a hora, a data. Era a manhã do seu terceiro dia de estada no Blue Summer. Um dia inteiro havia passado em branco. Ou melhor, em total escuridão. Blackout. Seu corpo estava todo dolorido. E havia uma ardência... na barriga... Uma mancha roxa estranha, um inchaço.

Arthur saltou da cama, sobressaltado. Hugo já havia se levantado; o pai logo veio chamá-lo para o café da manhã. Na mesa, enquanto os outros conversavam sobre o que haviam feito no dia anterior e o que pretendiam fazer neste, ele se mantinha calado. Não tinha nada a dizer sobre o que fizera ontem e, sobre o hoje... Havia uma ideia oculta na sua cabeça. Ele a pressentia, mas não queria reconhecer que ela estava lá. Logo a família se dispersava, cada um indo para a atividade de sua preferência. E Arthur dirigiu-se para o balcão de recepção.

— Como disse, senhor? — perguntou mais uma vez o atendente.

— A Sala de Leitura. Eu queria saber se não há ninguém responsável, uma bibliotecária, sabe? Alguém tomando conta...?

— Mas não temos sala de leitura no Blue Summer. A biblioteca municipal é aqui perto e o resort é um dos apoiadores. Mantemos o acervo deles em dia. É uma biblioteca muito boa. Se quiser algum livro, ou procurar qualquer título, pode entrar no site pela internet, num de nossos computadores do saguão e pedir. Eles entregam no seu apartamento e...

— Não — irritou-se Arthur –, uma Sala de Leitura. No terceiro andar! Uma sala antiga, cheia de estantes e... outras coisas.

— Pode indicar a localização dessa sala aqui no mapa do hotel, senhor? — pediu o recepcionista, colocando a planta do terceiro andar na tela do seu computador. — O dedo de Arthur moveu-se sem hesitação. Sabia perfeitamente onde estava a porta e apontou-a... — Bem, o senhor me desculpe, mas...

— O que foi? É aqui mesmo!

— Lamento, senhor, não quero contradizê-lo, mas não temos sala de leitura nenhuma aí. Só há apartamentos no terceiro andar e um salão de convivência. E também não temos sala de leitura no resort, como já lhe disse. Aí, onde o senhor apontou, é um armário de manutenção. Para lençóis, toalhas. Enfim...

Arthur cravou o olhar na tela. Realmente, a planta do andar não mostrava nenhum espaço do tamanho da sala onde ele estivera, naquele ponto. Ele engoliu em seco, disse qualquer coisa ao recepcionista e afastou-se do balcão, já achando que o funcionário do resort estaria rindo dele. Pensou até em virar para pegá-lo no flagrante, mas acabou deixando passar.

Resolveu que não ia perder mais um dia. Assim, ocupou seu tempo freneticamente até tarde da noite. Esporte, jogos de salão, até uma aula sobre queijos, depois do jantar, resolveu assistir. E não tinha interesse nenhum em queijos finos, no máximo em mistos-quentes. Mas estava menos interessado ainda em voltar para o seu apartamento e se sentir tentado a passar pela porta da sala de leitura que, agora, ele sabia que não existia, que não podia existir.

Mas a aula sobre queijos finos, a não ser a parte da degustação, foi meio sacal. E ele começou a bater cabeça, enquanto o especialista em queijos falava. Foi numa dessas que, lutando para não adormecer de vez, entreabrindo os olhos, percebeu que estava num outro lugar. Não era mais o salão de aula.

E ele sabia onde viera parar.

Sabia que, quando se virasse, veria aquela mesma porta, tão diferente das outras, malcuidada e, agora que pensara direito, feita de uma madeira parecendo antiga. Uma porta que até rangeria, quando ele a abrisse, como se fosse uma goela — e lá dentro, escuridão, uma escuridão habitada...

Ele virou. Como temia, deu de cara com a tabuleta. Desta vez, as palavras estavam completas: Sala de Leitura. Mas a tinta das letras escorria. Eram vermelhas, brilhantes. Pegajosas.

Sem pensar, ele se adiantou e abriu a porta. O cheiro de mofo o atingiu direto nas faces. Aquela impressão de algo parado e morto, extraído do tempo, que reconhecia das poucas vezes em sua vida, até então, que estivera num cemitério. Como se não dominasse seus movimentos, avançou vários passos para dentro da escuridão, e a porta se fechou atrás dele.

— É um pesadelo, não é? Sem chance de eu ter a coragem de entrar aqui de novo, se não estivesse dormindo. Mas, como... quer dizer... quando eu comecei a dormir? Ou será que ainda não acordei, da outra vez, e...? Tem alguém aí?

Era uma pergunta ociosa. Sem sentido. Arthur não via coisa alguma se mexendo, mesmo seus olhos agora já se adaptando à escuridão e ele começando novamente a enxergar como era o ambiente que o cercava. Mas o fato de ele não ver nada não importava tanto quanto o de ele saber que não estava sozinho dentro da Sala de Leitura. A questão não era alguém, quem, mas o que viera recebê-lo naquele lugar.

O mundo tornou a girar ao seu redor. Uma vertigem tão forte quanto a anterior. Quando abriu os olhos, sentiu a mesma dúvida que o atormentava nos últimos dias. Estava sonhando ou não? Mas, para seu pavor, o pesadelo estava apenas começando.

O lugar onde se encontrava deitado, com os braços e pernas atados por argolas enferrujadas, não era a confortável cama do hotel, e sim uma mesa de madeira no meio de uma câmara de tortura medieval.

Na penumbra do calabouço parcamente iluminado por velas, vislumbrou três vultos silenciosos e encapuzados ao seu redor. Tentou gritar. Por mais força que fizesse, não conseguia emitir um mísero gemido. Só então percebeu que sua boca estava amordaçada.

De repente, sentiu o bafo de seus captores próximo ao seu rosto, farejando-o como uma matilha de lobos. Quem seriam? O que poderiam querer?

Quem disse que um homem não chora nessas horas? Chorou como uma criança esfomeada, enquanto se retorcia feito um animal ferido.

Dedos frios começaram a percorrer o corpo empapado de suor de Arthur, dos pés à cabeça, como se ele estivesse sendo examinado por um bando de cegos. O terror aumentou quando sentiu suas roupas começarem a ser cortadas, peça por peça. A cada toque das lâminas afiadas, pressentia o golpe fatal. Os únicos sons que ouvia, ininteligíveis, eram os grunhidos que os seres protegidos pelas trevas trocavam entre si.

Fechou os olhos num esforço inútil para controlar o incontrolável. Não deu certo. O medo havia se apoderado de sua mente, tão forte quanto as crises de pânico que o assolavam durante a infância. Um obstáculo que já pensara ter ultrapassado. O medo de ficar preso em um lugar fechado, ou de ser enterrado vivo, voltara! Só que, agora, sua angústia tinha uma razão concreta. O perigo era real. Tão real que passava as raias da irracionalidade.

Seu coração acelerou alucinadamente na hora em que apalparam seus membros nus. Temeu pelo pior. Será que caíra num ninho de traficantes de órgãos humanos? Seria essa a causa da mancha roxa em sua barriga? O inchaço teria sido provocado por uma extração indolor? A sua curiosidade o teria levado a descobrir o local de reunião de alguma seita secreta? Ou tudo não passaria de uma brincadeira de adolescentes tentando assustá-lo? Sim, era isso. Estava sendo vítima de um trote brutal, por um grupinho de boçais, numa espécie de ritual de iniciação.

Mudou de ideia assim que o viraram de bruços. Agora não tinha jeito. Ia ser currado e provavelmente morto, após satisfazer a tara daqueles maníacos sobrenaturais.

Seu fim tinha chegado. Dali não escaparia, pensou, antes de desmaiar novamente.

Nunca imaginara que uma sala de leitura poderia ser um lugar tão perigoso.

Arthur ouvira dizer que desmaio não é sono. É uma antecipação da morte, um trailer do fim de tudo, um mergulho no abismo, um despencar cego, sem sonhos...

Entorpecido, abriu os olhos. Não, o desmaio não lhe trouxera sonhos, mas fora uma breve antecipação do que na realidade ocorria com ele: o pesadelo. O pesadelo vivido, sentido, cheirado. Acorrentado fortemente na mesa de madeira grossa, de bruços, sua cabeça agora estava firmemente presa por uma argola de ferro que lhe cingia o pescoço; e havia um novo ponto de dor, na nuca. Não podia virar a cabeça. Mas podia ouvir.

As três sombras que anteriormente havia apenas divisado, sussurravam. Aos poucos, ele percebeu que aquilo não era uma conversa. As sombras murmuravam uma espécie de oração, mas algo incompreensível, numa língua gutural, macabra.

Quis gritar, precisava gritar, afinal de contas, por que tudo aquilo estava acontecendo com ele? Por que fora escolhido como a vítima de uma cerimônia tão brutal logo dentro de um dos resorts mais luxuosos do país?

A oração parecia ter chegado ao fim. Desta vez, atrás de si, apenas uma voz se fazia ouvir.

— Dandaroth... Tu afinal chegaste, Dandaroth. Tinhas de voltar para nós, Dandaroth.

Dandaroth?! Atrás da mordaça, o rapaz tentava protestar, dizer que seu nome não era aquele, que era Arthur, que o haviam capturado por engano, que...

Muito calma, profunda, a voz cavernosa ecoava pelo recinto, como se tivesse ouvido e entendido os protestos do rapaz:

— Nem tentes contestar, Dandaroth. Não há engano. Nunca nos enganamos. Tu bem o sabes. Apenas esperamos... Procura chafurdar dentro de tua memória ancestral, Dandaroth. Recorda... recorda... Volta a nós, que apenas podemos recordar... Recordar e... castigar...

"Não!", gritava Arthur atrás da mordaça, mas tudo que conseguiu emitir foram grunhidos inarticulados. "Não! Não posso morrer assim... não posso... Por engano, não!"

— A casca humana que aqui entrou não existe mais, Dandaroth... — continuava a voz, como se falasse com uma criança, numa inflexão lugubremente doce. — Puxa por tua memória ancestral... Olhos humanos jamais poderiam abrir O LIVRO... Os olhos humanos da casca curiosa que invadiu a Sala de Leitura apagaram o conteúdo d'O LIVRO e o segredo que jamais poderá ser do conhecimento de nenhum ente agora somente está registrado em ti. Mas esse desastre foi compensado, pois voltaste a nós, Dandaroth...

"Não!"

— Por que não aceitas, Dandaroth? Por que resistes? Sabes que não poderás sair daqui levando o segredo do LIVRO...

"Não! Sou Arthur! Não sou casca de coisa nenhuma! Sou apenas um hóspede dessa droga de hotel pirado!"

Calma, a voz parecia ouvir tudo que o rapaz gritava atrás da mordaça:

— Está bem... Custas a aceitar... Insistes na casca humana inútil que pensou nos invadir? Está bem. Vê agora o que acontece com esses inúteis curiosos...

A sombra sinistra devia ter acionado algum dispositivo. A argola de ferro que prendia o pescoço do rapaz abriu-se num estalo e seu corpo foi erguido da mesa, suspenso no ar pelas correntes que manietavam seus pulsos, cintura e tornozelos. Artificialmente de pé, doídamente flutuando, o jovem vasculhou a penumbra com os olhos esbugalhados, apavorados.

O fedor de mofo e putrefação assemelhava-se ao do açougue de um matadouro de porcos abandonado há semanas, se o rapaz já tivesse visitado algum. Percebeu a sombra principal a apenas 2 metros dele. O rosto não era visível, coberto por um pesado capuz.

Debaixo do grosso manto, surgiram uma mão esquelética e um dedo fino, como se só lhe restassem os metacarpos desnudos. Apontou para um dos cantos mais escuros do ambiente. Imediata e obedientemente, as duas outras sombras avançaram para aquele canto, iluminando-o com velas. Pôde perceber que uma delas mancava.

A claridade mortiça das velas de sebo revelava um sarcófago em pé, encostado ao paredão de pedra. O rapaz pensou perceber algo viscoso, grosso, que se filtrava através do encontro das duas metades da peça lúgubre. A sombra principal aproximou-se sem pressa do sarcófago e os ossos de seus dedos aproximaram-se da alça de abertura daquele caixão.

Foi aí que o rapaz pensou ouvir um som abafado, fino, vindo do sarcófago:

— Arthur... socorro...

O pânico invadiu todo o corpo dolorido do jovem. Na mesma hora, sem que precisasse baixar os olhos, ele sabia que a mancha roxa de sua barriga crescia, inchava, a ponto de estourar.

"Nããããoooo!!!!", berrou o seu desespero abafado pela mordaça.

A mão esquelética da sombra principal abriu o caixão, lentamente.

A sombra das velas revelou o corpo nu do seu irmão, com inúmeras perfurações produzidas pelos punhais que se projetavam das paredes internas do sarcófago. No correr dos séculos da história dos mais infames calabouços e masmorras, aquele instrumento de tortura era o terror de muitos desgraçados que caíam prisioneiros e sabiam que seriam supliciados da mesma maneira que estava sendo o irmão caçula de Arthur, fechados dentro da Dama de Ferro!

Arthur sentiu um misto de pavor e raiva. Raiva do irmão, sim, com sua mania de segui-lo e imitar tudo que ele fazia. Nas férias anteriores, Hugo nunca desgrudava, queria fazer tudo com ele e como ele. Desta vez, num resort que oferecia separadamente o Kid's Club e o Teen's Club, Arthur imaginou que ficaria livre do assédio do caçula. Mas não! Com certeza Hugo tinha seguido seus passos até a Sala de Lei... Tortura. "Por que você fez isso, Hugo?", pensou, aflito. "Por quê?"

Se não estivesse amordaçado, iria xingar o irmão de tudo quanto era palavrão, excomungar o pirralho até a última geração. "Está vendo só no que deu essa mania de me copiar, de me seguir? Agora você está aí, perfurado, estropiado, ensanguentado, quase morto!"

Hugo chorava e tremia sem parar. Ou talvez fossem convulsões provocadas pela dor. Agora, além de pavor e raiva, Arthur sentiu culpa. Queria pedir desculpas ao irmão por tê-lo levado, mesmo sem querer, àquela sala desgraçada.

Notando seu desespero, o líder dos encapuzados abriu um sorriso malicioso e, com sua voz baixa, gutural, ele provocou:

— Agora que viste o sofrimento do garoto, Dandaroth, podemos contar com tua inestimável colaboração?

Arthur respirou fundo e tentou pensar rapidamente em alguma outra saída. A Sala de Tortura não tinha surgido de dentro do livro? Não tinha saltado das páginas brancas para o mundo real? Então: quem sabe se ele imaginasse, com muita vontade, uma Sala de Costura, por exemplo, todo aquele cenário macabro não desapareceria dali e surgiria uma aconchegante Sala de Costura, repleta de senhorinhas costurando, tricotando e tomando chá? Não custava tentar.

Apertou os olhos e concentrou-se na palavra Costura e em tudo que ela sugeria. Mas, em poucos segundos, um berro desesperado do irmão o fez abrir os olhos. À sua frente, o mais baixo dos encapuzados, segurando uma enorme agulha enferrujada, costurava a pele dilacerada de Hugo, sem piedade, feito um cirurgião carniceiro.

Arthur chacoalhou o corpo inteiro, em pânico, berrou por dentro da mordaça e arregalou os olhos, balançando a cabeça para indicar que se rendia.

O líder das sombras, fazendo um sinal, retirou com cuidado a mordaça de Arthur:

— Queres dizer alguma coisa, Dandaroth? Decidiste, afinal, aceitar nosso chamado?

— Tudo bem, tudo bem, eu aceito. Mas com uma condição: tirem o Hugo de dentro dessa coisa e parem de furá-lo desse jeito.

Os três se entreolharam, dialogando mudos. Depois de alguns segundos de espera angustiante, o líder assentiu.

— Então diga em alto e bom som: eu sou Dandaroth!

— Eu sou Dandaroth! Dandaroth sou eu!

Os encapuzados sorriram satisfeitos e se curvaram diante de Arthur. Em seguida, o baixinho jogou no chão a agulha e libertou Hugo da infernal Dama de Ferro. Ao mesmo tempo, as correntes em que Arthur estava pendurado afrouxaram e ele sentiu os pés tocarem o chão. Baixou os braços e as algemas se abriram: estava livre. Nu, humilhado, machucado e apavorado, mas livre.

— Bem-vindo, Dandaroth! — saudou o líder, em voz alta e firme, abandonando pela primeira vez a voz sussurrada que usara até então.

— Essa voz... — murmurou Hugo, ainda prostrado dentro da Dama de Ferro.

— Que voz, Hugo? — estranhou Arthur. — Do que você está falando? Você está delirando, por causa da dor?

Hugo só teve forças para apontar para o líder dos encapuzados e murmurar:

— Ele disse que não existia Sala de Leitura! — sussurrou Hugo. — É a voz do recepcionista do hotel... Eu... conversei com ele depois de você e... e...

E desmaiou.

Arthur não sabia direito se o irmão estava vivo ou morto, mas tentou afastar a preocupação imediata com ele para conseguir raciocinar. Seu irmão tinha razão: o sujeito encapuzado falava cavernosamente, feito um bandido de filme, e tinha a pinta dos cavaleiros negros, dementadores ou nazgûls que ele vira no cinema; mas, no fundo... era uma voz falsificada, ocultando a real — e essa se parecia, e muito, com a do recepcionista. Lamento, senhor, não quero contradizê-lo, mas não temos sala de leitura nenhuma aí. O hipócrita!

Tratou de arrumar coragem em algum lugar. Se queria sobreviver àquela encrenca e, principalmente, salvar o irmão, teria de enganar os sujeitos e se mostrar mais forte do que era. A primeira coisa a fazer seria tirar Hugo dali; a segunda, descobrir quem ou o que era a droga do Dandaroth. A terceira... a terceira... ele pensaria em uma terceira coisa mais tarde.

Então o líder sinistro falou de novo.

— Tu admitiste tua identidade, Dandaroth... Tu voltaste para nós após tanto tempo. Tu absorveste o conteúdo d'O LIVRO! Sabes o que deve ser feito. Ordena e prepararemos tudo.

Quase entrando em pânico de novo, fazendo força para manter a escassa coragem que conseguira reunir, Arthur viu os três sujeitos se ajoelharem diante dele. Esperavam suas ordens? O que diabos eles queriam dizer com...

De repente, ele soube.

O sombra-recepcionista, ou quem quer que fosse o infeliz, estava certo. Havia, em sua mente, uma série de pensamentos que não estavam ali antes! Fechando os olhos e se concentrando, ele conseguia perceber ideias... noções... conhecimentos que nunca tivera. Só podiam ser coisas que ele havia captado ao abrir a porcaria daquele livro. Tentou achar, no meio de uma profusão de frases, símbolos e imagens que estavam lhe ocorrendo, algo que fizesse sentido.

Uma palavra se sobrepôs às outras. Uma imagem se destacou. E ele falou, sem querer:

— Vocês agora devem iniciar a preparação do Ritual.

Os sujeitos-sombra ergueram os rostos. Por trás do capuz escuro do líder, ele percebeu o brilho nefasto de dentes sorrindo.

— Sim... ele está recordando... Dandaroth está emergindo. Logo a casca será descartada por completo.

Mas o encapuzado da esquerda parecia preocupado.

— Como faremos para preparar o Ritual, se o principal instrumento se perdeu?

Arthur percebeu a imagem que vira antes ficar mais forte em sua mente: era uma faca, uma espécie de estilete de lâmina fina, com o cabo negro esculpido e cravejado de pedras roxas.

— O Punhal de Dandaroth... — sussurrou, sentindo uma estranha indignação, que não sabia de onde vinha. — Vocês perderam o antiquíssimo estilete ritual?!

Os três se prostraram com as caras nojentas no chão. O principal gemeu numa voz sibilante.

— Perdoa-nos, ó, Dandaroth... Nós o recuperaremos. Há uma forma. Tu sabes... Tu a conheces.

Hugo gemeu. Havia resvalado do sarcófago para o chão e parecia recobrar os sentidos lentamente. Arthur teve outro calafrio de pânico; tinha de acabar com aquilo. Precisava de tempo.

— Muito bem! Enquanto vocês preparam o Ritual e tentam recuperar o Punhal, vou pensar numa punição adequada para os que perderam um objeto tão sagrado. Agora os dois... garotos... devem voltar para o quarto. Em três dias, eu virei a vocês. Obedeçam!

As três vozes soaram de novo como uma oração macabra.

— Obedeceremos, ó, Dandaroth... Aceitaremos a punição que designares... E em três dias... o Ritual!

Estava dando certo. Ele nem podia acreditar que estava enganando aqueles malucos! Fechou os olhos, tentando esconder o alívio que se manifestava numa taquicardia irreprimível. Respirou fundo... E quase engasgou com a água.

Água morna, agradável e em profusão. Escorria por seus cabelos, seu rosto, seus membros.

Abriu os olhos e deu consigo mesmo no chuveiro do apartamento. Nu, com uma mancha roxa na barriga e com água a escorrer pelo corpo, levando para o ralo vestígios de pó e de sangue.

Tremendo, fechou a torneira e abriu a porta do box. Era o banheiro do quarto que dividia com o irmão, no resort. A toalha fofa e perfumada o esperava pendurada ao lado, contrastando terrivelmente com as roupas jogadas no chão de lajotas brancas imaculadas. Enrolou-se na toalha e conferiu, entre elas, a calça jeans e a camiseta que estivera usando antes: rasgadas em tiras, cobertas de um pó fedorento (mofo, é claro) e respingadas de sangue.

Conferiu o próprio corpo. Com exceção da mancha roxa, de uma dor generalizada nos músculos e de hematomas nos pulsos — afinal, fora pendurado por correntes de ferro! —, encontrou apenas um machucado na nuca, pequeno corte já formando uma casca; não sangrava.

O sangue que escorrera pelo ralo e que manchava suas roupas não era dele. Só podia ser de...

— Hugo! — berrou.

E saiu correndo do banheiro, ainda enrolado na toalha. Onde estaria o pirralho...?

Deu com a mãe junto à cama do irmão, parecendo ter acabado de cobri-lo.

— Demorou no banho, hein? — disse ela, num sorriso. — Não faça barulho, ele tomou um analgésico e dormiu. Quando acordar, vai estar melhor... Vamos tomar café?

Arthur conferiu o rosto e os braços do irmão adormecido. Havia manchas vermelhas neles. Mas o garoto respirava normalmente, embora os cabelos estivessem empapados de suor.

— O que... o que ele tem? — gaguejou, o sentimento de culpa voltando.

— Você não se lembra? Ele acordou de madrugada gritando e, quando eu e seu pai acudimos, estava com febre alta e tinha essas feridas pelo corpo todo. Chamamos o médico do resort, ele disse que pode ser reação alérgica a alguma coisa que o Hugo comeu. Ou, no máximo, uma forma branda de catapora ou rubéola. Vocês foram vacinados, mas vai saber...? Mais tarde o médico volta, mas ele já disse pra não nos preocuparmos. Agora, vista-se! Seu pai está esperando.

Ela saiu do quarto e Arthur se vestiu lentamente. Depois escondeu as roupas rasgadas dentro de um saco plástico, no fundo da mala.

Sua cabeça funcionava num frenesi. Aquilo tudo fora real, não podia duvidar. Apesar de não saber como se davam as idas e vindas da sala misteriosa, a loucura toda estava mesmo acontecendo, como atestavam os machucados do irmão e as roupas inutilizadas. E tinha o pressentimento de que, se envolvesse outras pessoas, como seus pais, por exemplo, estariam igualmente perdidos. Sofreriam o castigo aplicado a Hugo, ou pior. Decidiu não falar nada e que, de alguma maneira, tentaria sozinho se livrar do perigo. Afinal — isso ele sentia —, os conhecimentos do tal LIVRO estavam adormecidos em algum lugar de sua mente.

Estavam a salvo naquele momento, mas em três dias teria de voltar à sala de leitura-tortura para lidar com os homens-sombra. Precisava urgentemente de um plano.

Enquanto se encaminhava para o refeitório, tentou juntar as peças de que dispunha. Tinha certeza de que não estava enlouquecendo nem sendo vítima de pesadelos. Além do mais, após a consulta médica daquela manhã, só podia pensar que sua família havia caído no ninho de uma seita secreta, liderada por um trio de fanáticos.

Tudo começou a ficar claro assim que o doutor voltou a visitar o quarto de Hugo.

Era um quarentão baixote, careca e de poucas palavras. Arthur o reconheceu imediatamente pelo andar claudicante. O modo como ele andava puxando de uma das pernas era inconfundível. O médico era outra das três criaturas encapuzadas que haviam participado da sessão de tortura!

O segundo membro do trio sinistro que fazia parte do staff do hotel. Agora faltava descobrir a identidade do terceiro elemento.

Além disso, tinha de desvendar o significado da palavra que martelava seu cérebro dia e noite sem parar: Dandaroth.

Sabia a pronúncia do ser ou ídolo a quem a tríade mascarada reverenciava, mas não tinha a menor ideia de como se escrevia o maldito nome. Podia ser Dandarote, sem o th final. Ou então, Dandarot, com t mudo.

Sua intuição lhe dizia que por trás do nome tão estranho devia estar a chave do segredo do salão onde ele e o irmão haviam padecido de horrores indescritíveis. Só estava convencido de uma coisa. Aquele calabouço podia ser tudo, menos uma Sala de Leitura.

Arthur, depois do café, despediu-se dos pais e dirigiu-se ao saguão onde os hóspedes tinham acesso à internet O lugar, a não ser pela mulher que controlava o uso dos computadores, estava vazio. "Deve estar todo mundo na piscina", pensou.

A funcionária, alta e magra, que anotou o número de seu quarto mal levantou os olhos empapuçados para cumprimentá-lo.

— A primeira meia hora é de graça — disse ela secamente. — Os outros minutos serão creditados na conta de seu apartamento — avisou, enquanto lixava as longas unhas.

Arthur escolheu o computador mais afastado da porta e clicou Dandaroth no site de pesquisas. Não obteve resposta.

Sem desistir, tentou com as três grafias mais aproximadas, mas a palavra parecia ser inexistente. Mesmo apurando sua pesquisa, todas as tentativas deram em vão.

Lembrou-se de um filme policial em que o detetive dividia uma palavra enigmática em sílabas, no afã de desvendar o que estava por trás da assinatura de uma carta enviada por um serial killer.

Procurou primeiro por Danda, depois Roth e assim por diante. Para seu desespero, todas as tentativas obtiveram resultados negativos ou respostas que não tinham nada a ver com a sua frenética busca.

O mesmo se deu quando escreveu Dandaroth de trás para diante. A resposta do site de buscas foi a mesma:

"Sua pesquisa não encontrou nenhum documento correspondente."

Numa última cartada, começou a embaralhar as letras e escrevê-las a esmo: Thoda, Aro, Nadtho, Radat, Atarat... Na décima quinta negativa, o sinal verde se acendeu:

Ashtaroth, uma das combinações que fizera, era um dos nomes dados na antiguidade ao demônio! Sua suspeita se concretizara. Dandaroth não passava de uma salada de letras retiradas dos diversos nomes usados para nomear o demo.

Ele mesmo, o espírito do mal, o guardião das sete profundezas do mundo subterrâneo, o anjo das trevas, o excomungado... Aquele que domina todas as forças ocultas, desviando-as em seu próprio benefício.

Foi nesse instante que unhas pontiagudas como as garras de uma ave de rapina se encravaram nos ombros de Arthur.

— Pesquisando seu nome, meu mestre? — perguntou uma voz ameaçadora às suas costas, exalando a fúria incontida.

Assim que o rapaz olhou para trás, viu o rosto ossudo da moça que tomava conta dos computadores.

Para sua surpresa, o terceiro membro dos encapuzados era uma mulher!

No instante seguinte, o inchaço em sua barriga começou a latejar, como se respondesse a um chamado. Arthur levou a mão ao local, acariciando-o, e surpreendeu-se ao ver que a moça observava aquilo com um sorriso de prazer. Ou seria (uma palavra que jamais ele usara, mas cujo significado acabara de lhe ocorrer...) êxtase?

Ela era bonita. Aparentava vinte e poucos anos, tinha um corpo esbelto, mas de curvas quase esculpidas. Nada daquela magreza insossa. Em outra situação, Arthur teria se sentido no céu, se uma garota como aquela se aproximasse dele, mesmo sendo mais velha (ou talvez por causa disso também). Tinha olhos ardentes. Um sorriso no rosto que era tudo, menos inocente. Talvez cruel. E o principal era a boca. Uma boca que despertava em Arthur uma inédita vertigem. O garoto não conseguia desviar os olhos daqueles lábios vermelhos, destacados no rosto amorenado. Ela disse então, com uma voz de ladainha, focando febrilmente a barriga de Arthur:

— Ele está nascendo. Ele está voltando.

Por alguns segundos ainda, o garoto permaneceu com os olhos cravados na boca da moça — que, aliás, se aproximara dele provocativamente, como se fosse mesmo beijá-lo. Então, a dor em seu abdômen, aquele inchaço parecendo cada vez mais uma criatura à parte, e as palavras da moça, quando finalmente se assentaram na mente dele, o fizeram estremecer.

— Não — murmurou ele...

E, ato contínuo, levantou-se da cadeira e ergueu a camisa.

O inchaço remexia-se, como se algo dentro de seu estômago lutasse para conseguir crescer, ocupar mais e mais espaço. A moça disse:

— Creio que já temos uma pista de quem nos roubou o punhal. Tivemos outro visitante na Sala de Leitura, no ano passado. Nós... — e a moça baixou os olhos, amedrontada... — pensamos que fosse o senhor, mestre. Cometemos um erro. Pensamos que ele fosse Dandaroth, o demônio antigo. Aquele que retornará para mergulhar a Humanidade em espanto e horror.

— Vocês cometeram um erro?

— Sim, um erro terrível. Aliás, não fui absolutamente culpada por isso. Foi o médico. Foi ele quem entregou o punhal ao falso visitante.

Arthur arriou na cadeira. A dor em sua barriga era cada vez maior, misturada a uma pressão, como se algo quisesse romper sua pele e sair de lá de dentro.

— E o que aconteceu, então?

— É o que eu e o recepcionista estamos tentando descobrir. O tal farsante deveria ter sido morto pelo médico. Envenenado. E o punhal deveria ter sido devolvido à caixa. Aliás, foi o que ele nos disse que fez... que colocou o punhal de volta na caixa, lá na Sala de Leitura, onde deveria esperar o retorno de Dandaroth. Mas, quando abrimos a caixa, depois de sua primeira visita...

— Vocês não verificaram se o punhal havia sido de fato devolvido? Não exigiram que isso fosse feito na frente de todos?

Arthur assustou-se com o tom de sua própria voz. Era baixa, rouca, carregada de ódio. Como se não tivesse saído dele... mas de algo que não era ele, e que estava dentro dele agora...

Os lábios da moça tremeram, e Arthur percebeu perfeitamente que ela teve de se conter para não se ajoelhar pedindo perdão.

— Por favor, poderoso Dandaroth... poupe-me. Eu... faria qualquer coisa que tu quisesses, se me concedesses não ser destruída por seu olhar calcinador...

Uma tontura dominou a mente de Arthur. Ele se ergueu de novo:

— Vou pensar. Vou pensar. Continuem procurando. E o médico?

— Está sob vigilância o tempo todo. Por favor, mestre, precisas me dizer... Chegou a hora do Retorno?

Sem saber o que responder, Arthur desviou dela o olhar e afastou-se. Não disse coisa alguma. Havia, portanto, uma possibilidade de o médico não ser tão fiel assim à tal seita. Ora, era ao médico então que Arthur precisaria procurar para pedir ajuda. Quem sabe, já que tudo aquilo era um equívoco e que ele não era e nunca fora demônio de coisa nenhuma, o médico poderia lhe dizer como escapar àqueles fanáticos. Aliás, o médico também estava sob suspeita do recepcionista e da moça dos computadores. Assim, tinha a vida tão ameaçada por aquela trama absurda quanto Arthur, seu irmão Hugo e seus pais. E a coisa ia se complicar, logo depois, quando um boquiaberto Arthur escutasse o médico lhe dizer do modo mais brusco, na lata!

— Acontece que tenho uma triste notícia para você, garoto. Você é Dandaroth. É o mensageiro do Grande Mal. Ou melhor, aquele que traz o demônio dos demônios... — e, num gesto dramático, o médico suspendeu a camiseta de Arthur — ... dentro de si.

Arthur fora procurá-lo com a desculpa de que queria dar informações sobre Hugo. Finalmente, quando o garoto foi admitido no consultório do médico, muito nervoso, começou a falar como uma torneira com registro quebrado, impossível de ser fechada para se conter o fluxo de água.

— Sei que você é um dos adoradores de Dandaroth — disse Arthur. — Um daqueles três doidos. E seus amigos acham que você é quem está com o tal punhal. Então, você não está do lado deles. E assim, pode estar do meu. Não sei que história é essa, mas você pode me ajudar a escapar daqueles malucos e daquela tal Sala de Leitura, dos pesadelos, dos... Parece que eles agora estão o tempo todo me espionando.

— E estão — disse afinal o médico. — A você e a mim.

— Mas por quê? Essa coisa não pode estar certa. Se eu fosse um demônio, eu saberia disso, né? Eu... quer dizer, ninguém entra para um emprego desses sem ser consultado, sem aceitar as condições, as...

— Muito engraçado! — exclamou o médico, erguendo-se irritado da cadeira. E logo dava uma volta pela sala do consultório, mancando sempre e soltando bufadas de irritação. — Só que fazer piadas não vai livrar você dessa situação. Deite-se ali — disse, apontando um catre de exames. — Tente ficar calado até eu terminar. Não me atrapalhe.

A seguir, descobriu a barriga de Arthur e começou a apalpá-la, a correr os dedos, como se estivesse sentindo a temperatura ou mesmo tentando captar melhor as vibrações do caroço — que crescia sempre, devagar, e se tornava mais e mais duro, por dentro das entranhas do garoto.

Arthur começou a suar frio. Mas não se atreveu a dizer coisa alguma. Finalmente, o médico concluiu o exame e foi para a pia lavar as mãos. Então, o garoto perguntou:

— Eu vou morrer, doutor? É isso, não é? Essa coisa... vai me explodir por dentro, não vai? Como se fosse...?

— Como se fosse o quê? Você acha que conhece algo, qualquer coisa, minimamente parecida com o que está acontecendo aqui? Você acha mesmo que é capaz disso? — perguntou rispidamente. E não esperou a resposta. Sabia muito bem que o garoto não tinha o que dizer. Arthur engasgou, um bolo gelado fechando sua garganta. O médico continuou: — Bem, vamos ver se eu lhe dou alguma ideia a respeito do assunto, Dandaroth. Isso mesmo. Você me escutou perfeitamente. Você é Dandaroth. E talvez a sua única chance de salvação seja começar admitindo isso! Quanto ao punhal...

O médico foi até certo ponto do assoalho de largas tábuas corridas, então ficou de cócoras e, enfiando a ponta da caneta numa fresta, soltou a beirada de uma das tábuas, depois a tábua inteira. Meteu a mão no vão e de lá trouxe um cofre, acorrentado a uma alça na laje do andar. O cofre foi aberto depois da digitação de uma senha, revelando ali dentro um embrulho de seda. Logo o punhal estava nas mãos do médico, que o brandiu. Seu cabo era de madeira escura entalhada com símbolos estranhos, encrustado com pedras roxas. E a lâmina era diferente de tudo que Arthur já vira...

— Feita de chifre de... melhor você não saber que monstro é esse. E será que já imaginou como vai ser usado o punhal? Tem algum palpite do que consiste o Ritual?

Trêmulas, como se não obedecessem à vontade do rapaz, suas mãos estenderam-se na direção do punhal. Arthur sentiu como se elas, suas próprias mãos de adolescente, conhecessem o segredo do Ritual, soubessem para que estava destinado o Punhal de Dandaroth. Lentamente, cada parte de seu corpo começava a assumir uma vontade que não era a sua, a efetuar uma ação que não vinha de seu cérebro, a articular uma voz que suas cordas vocais jamais seriam capazes de emitir. E foi um som cavo, de baixo profundo, que seus ouvidos surpreenderam-se ao ouvir e que os ouvidos do estranho médico manco pareceram exultantes ao escutar:

— Palpite, Tiamat? Porque tu és Tiamat, não és? O que existe para acompanhar e proteger Dandaroth em todas as circunstâncias, não és? Tu, acima de todos os demais.

O médico prostrou-se ao chão como se caísse, testa grudada ao assoalho:

— Dandaroth! És tu mesmo, meu mestre! Nossa espera chegou ao fim. Mantive minha identidade protegida, até mesmo dos dois idiotas que a Sala de Leitura capturou. Nunca desconfiaram da minha verdadeira missão. Que eu os manipulava. Que eu é que assitiria Dandaroth em seu retorno. Tudo foi como planejaste, mestre. O garoto veio me procurar, se entregou a mim, sem saber o que fazia, e agora... Ordena que tudo cumprirei.

Arthur — ou o que restava dele — estava em puro desespero. Seus olhos tudo viam, seus ouvidos tudo escutavam, mas, de resto, não tinha o comando de nenhuma faculdade, de nenhuma outra parte de seu corpo. Apenas a mente permanecia parcialmente sob seu domínio, formulando apelos, súplicas, que eram enviados para o nada, perdendo-se sem alcançar as cordas vocais:

"Sou Arthur! Sou Arthur! Não sou demônio nenhum. Me libertem deste pesadelo! Por favor! Farei tudo o que quiserem, tudo..."

Neste exato instante, as paredes do consultório do demoníaco médico manco abriram-se como se não existissem, e foi como se todos os cantos do grande hotel pudessem ser divisados. De dentro da caveira que outrora havia sido sua cabeça, os olhos de Arthur viam todo o vale onde se assentava o luxuoso hotel. Mas agora não mais havia piscinas, pátios tropicais, parques floridos, ginásios de esportes, nem equipamentos para jogos infantis. As piscinas agora eram charcos escuros, as árvores eram troncos desfolhados, lúgubres e, de todo o pântano tétrico em que se havia transformado a paisagem alegre e ensolarada do resort, emergiam figuras que se moviam como se não precisassem de pernas, deslizando pesadamente pelas sombras, na direção daquilo que deveria ser a área principal onde teria lugar a cerimônia pela qual aguardavam.

E aquele ponto de convergência era justamente onde estava ele, Arthur, ou, na verdade, o ser que agora o dominava.

O rapaz sentiu que seu corpo, que não mais lhe pertencia, galgava degraus e empertigava-se no lugar mais alto. O jovem Arthur, o adolescente aventureiro que se deixara dominar pela curiosidade, que descobrira a Sala de Tortura, era agora Dandaroth, o demônio principal da cerimônia que tinha início sob o som cavo, profundo, daquela voz:

— Das profundezas podem emergir todos os meus escravos! Vinde, demônios! Presenciai o Ritual! É hora de tomarmos posse do que sempre deveria ter sido nosso domínio. Sou Dandaroth!

Da sombria multidão que lotava os pés daquele estranho altar, gritos tremendos repetiram:

— Dandaroth! Dandaroth!

Arthur viu seu braço esquerdo estender-se à frente e apontar. Não parecia mais o seu braço esquerdo. Era um membro longo e escuro, rematado por uma manopla em garras, dedos compridos e descarnados.

— Tiamat! À minha direita. Azazel e Belial, à minha esquerda. Já!

Os olhos de Arthur viam o falso médico, a falsa moça dos computadores e o falso recepcionista do resort aproximarem-se e tomarem os lugares indicados. Os três lembravam a forma que Arthur havia conhecido, mas estavam diferentes, eram figuras desgrenhadas como ilustrações do Inferno, feitas por Gustave Doré para a obra-prima de Dante Alighieri. Bem a propósito: eram justamente as portas do inferno que estavam se abrindo naquele momento.

— Aproximem-se! — continuava a comandar a voz do desapropriado corpo de Arthur. — Behemot! Asmodeus! Venham a mim!

Mais e mais sombras surgiam de todos os lados, aumentando aquela plateia de pesadelo.

— Demônios de todas as partes! — chamava a voz profunda produzida contra sua vontade. — É chegado o momento. Ele nascerá! Mas o Ritual exige três sacrifícios como preparação. Tragam os escolhidos!

A multidão abriu-se e o olhar apavorado de Arthur viu que três pessoas eram trazidas para os pés da ara de sacrifício.

Horror! Eram... eram seu irmão, seu pai e... sua mãe!

“Não!!”, berrou o desespero do rapaz. “Não! Por favor!”

Mas nenhum som saía de sua boca. O que saía era a voz profunda do demônio:

— O Ritual tem de ser perfeito. Só no quarto golpe Ele nascerá! Mas Ele NASCERÁ!

Um murmúrio de júbilo ergueu-se da multidão e Dandaroth ergueu a mão direita exibindo o Punhal. Um cintilar macabro fez brilhar a lâmina e Arthur viu que ela descia em gestos rápidos, circulares, fatais! As três gargantas à sua frente abriram-se como se explodissem ao toque afiado do Punhal e, ato contínuo, a lâmina, embebida pelo sangue fresco de sua família, descia outra vez, cravando-se e rasgando a barriga de Arthur!

Seu ventre abriu-se e o volume arroxeado, que já ocupava toda a área do tórax às virilhas, brotou como uma granada que de dentro tivesse sido detonada! Mas nada de material parecia resultar daquele parto macabro. Do interior do corpo de Arthur, um nuvem negra, espessa, espalhava-se molemente por sobre toda a multidão e cada ser que compunha aquela plateia infernal erguia a cabeça para aspirar sofregamente os gases pesados que a nuvem oferecia.

— Aí está! — berrava Dandaroth. — O Mal está livre! Para sempre! Bebam o Mal! Aspirem o Mal! Ele agora estará em todas as partes! O Mal venceu!

Enquanto a multidão ululava de prazer, um fedor de enxofre subia daquela operação sinistra e Arthur percebeu que também o olfato era um sentido que atingia seu cérebro. E nesse momento descobriu qual seria sua condenação: para sempre cheiraria, veria, sentiria, ouviria e presenciaria todas as desgraças que seu corpo perpetraria, sem que sua vontade nada pudesse controlar!

E foi sob o pânico desta descoberta que, de dentro da prisão de seu próprio corpo, o ser que ainda era Arthur explodia em lágrimas e apelava em desespero — seu último lampejo de vida:

"Socorro..."

DESCUBRA QUEM É O AUTOR DESTE CONTO NO SITE DA GALERA:
HTTP://BIT.LY/SXJNYP

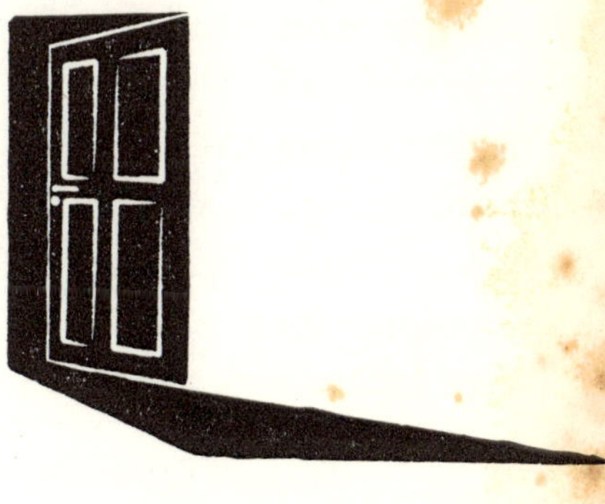

Este livro foi composto na tipologia Adobe Garamond Pro,
em corpo 12/15, e impresso em papel off-white,
no Sistema Cameron da Divisão Gráfica
da Distribuidora Record.